以梦为马 不负韶华

任落落◎著
RENLUOLUO'S WORKS

时代出版传媒股份有限公司
安徽文艺出版社

图书在版编目（CIP）数据

以梦为马　不负韶华/任落落著.—合肥：安徽文艺出版社，2019.9
ISBN 978-7-5396-6409-5

Ⅰ.①以…　Ⅱ.①任…　Ⅲ.①散文集－中国－当代
Ⅳ.①I267

中国版本图书馆CIP数据核字(2018)第150098号

出 版 人：段晓静
策　　划：武　晶　　　　　　责任编辑：张星航
特约编辑：武　斌　　　　　　装帧设计：一个人·设计　闻　艺

出版发行：时代出版传媒股份有限公司　www.press-mart.com
　　　　　安徽文艺出版社　www.awpub.com
地　　址：合肥市翡翠路1118号　邮政编码：230071
营 销 部：(0551)63533889
印　　制：北京兰星球彩色印刷有限公司 (010)58411596

开本：880×1230　1/32　印张：8　字数：160千字
版次：2019年9月第1版　2019年9月第1次印刷
定价：39.80元

【目录】

第二章 世界变太快，唯有学习才能不被淘汰

第三章　别埋头苦干，驴才原地拉着磨转

第四章　走完所有失败的路，你还怕不会成功吗？

第五章　那一座宁静的港湾，有星光的投影

第六章　当断则断，舍弃是门大智慧

第七章 勇敢点，对这些人说『不』

第八章　时光中，最美妙的事情

第九章　生命有如铁砧，愈被敲打，愈能迸出火花

失去梦想那一刻，你真的老了……

世界上有条很长的路叫梦想，还有堵很高的墙叫现实。

我们曾在懵懂的年龄就开始筑梦，梦想在稚嫩的心灵中是燃烧的太阳，遥远而明亮，我们曾坐在幼儿园的教室里，用稚嫩的声音诉说自己的理想，眼睛熠熠发光。

回想起当初那种炙热，仿佛连宇宙都可以燃烧，仿佛前路多少艰难险阻都不可能阻挡我的脚步。

然而，我们常常会为了一个眼前的人义无反顾，却很难为了一个说不清会不会到来的未来和梦想而万死不辞。幼年时、青年时，曾认定的那种永不遗忘的深刻情感，终究还是在岁月的侵蚀下，一天一天被遗忘了。

有一天，有人问我，你的梦想实现了吗？你的梦想是什么？我却愣了很久都想不起来最初时，信誓旦旦的梦想是什么？

我能回答的仅有：换更好的工作，赚更多的钱，买房买车成家立业……

而后便是久久的沉默。

有多少人正在重复着一模一样的365天，渴求着一天比一天更多的金钱？可是心却一点点地死寂枯萎，或许，我们仍然可以安慰自己，人哪，年龄大了总该负担自己该负担的责任，梦想，那是年轻人的事。可是就二十多岁的年龄，这样的理由连自己都欺骗不了。

年华未老，一颗心却已迟暮。

青春，不仅仅是一个人的年轻岁月，也不仅仅是面孔和肌肤的充盈水润，而且是有冲刺梦想的心情和挑战艰难险阻的勇气。

还有些人会不屑地看着这些文字嗤之以鼻，说他的梦想已经实现了。

然而那一类人尚未看明白，我们最可悲的并非只是梦丢了，人生最悲伤的部分是在梦想成真那一刻才恍悟，自己对它早就不在意，并且发现其实它跟生命中诸多烦琐小事毫无区别。

而在此之后，我们便再也无梦可做了。

在生命的旅途中，有多少人能够渐渐明白这感伤，渐渐明白这种诀别，可以不再失落，重整包裹，以梦为马，继续寻找最初的梦想？

不忘初心

一

半夜，我被越洋电话吵醒。电话那头小朱沉默了很久才开口。

她说她看到一篇文章，文章大致说的是一个男孩上了警校，因为怕吃苦，毕业之后不愿当警察。可是他在毕业前夕实习当一名保安时，遇到一个小女孩，她捡到了钱并坚持等了两天就为了将捡的钱交给他。他笑着问小女孩为什么把钱给他，难道不怕他拿着跑了吗？小女孩说，因为妈妈说过警察叔叔是最值得信赖的人，如果遇到坏人就要去找穿着警服的叔叔帮忙。因为小女孩这句话，男孩毕业后当了警察。

小朱说，她被感动了。

为了小女孩一句话，他感动得坚持了十年，可我们自己许下的梦想却没能坚持下去。生活的忙碌、压力，让我们早就忘了梦想是什么，只想努力活着。

她问我，当初就这样放弃了，是不是错了？

二

小学第一篇关于梦想的作文，我写下了将来我要成为一名伟大的科学家。那时战战兢兢，生怕与众不同，怕被老师单独拎出来成为“异类”，那时的我应该并不懂所谓的梦想是什么吧。

到了初中，努力学习，为了考上高中不敢懈怠。有时也会羡慕其他同学精彩的生活，似乎他们总是明确地知道自己要的是什么，并朝着这个方向努力着。那样明确的目标是多么令人骄傲，带着这样的羡慕，有时我也会想，我的梦想是什么呢?

高中时，真正有人开始追问将来你想要成为什么样的人?将来你想过什么样的日子?“梦想”这个词也不再像小时候作文中那样空泛，有了思想和灵魂，它近了，与将来的日子息息相关，可那时候我的梦想是什么呢?

大约是在阳光会透过大片玻璃洒在光洁的地面的高楼大厦里工作，胸前挂着蓝绳系起的工作牌，脚上高跟鞋踩得噔噔作响，穿着职业套装怀中抱着文件。

这样的形象，简直就是魅力的代言人。

三

他们都嘲笑我的梦想。

那是电视里别人的生活，那是大都市里大部分人的生活。我问，那什么才是自己的梦想？

小朱说，她想成为一名婚纱设计师，将来穿着自己设计的婚纱结婚。

小杨说，他想做一款风靡全球的游戏，他要成为一个程序员。

小丽说，她将来想要开一家咖啡店，有阳光，有音乐，专门接待那种有故事的人。

小晶说，她将来想要成为一名作家，向这个世界传递自己的思想。

那时的我很认真地思考，自己的梦想究竟是什么。当身边的朋友都明确知道自己要什么、要成为什么样的人时，我第一次感到了迷茫。

我羡慕有梦想的人，那像是一个很远的约定，它站在远方朝你挥手，而你一步一步努力着朝它迈进。生活，不再是枯燥无味的一日三餐，它是鲜活的、有生命力的。

四

可是生活很残酷。

含着金钥匙出生的就那么几个人，更多人为了安身立命根本没的选择。毕业之后，立刻就投入社会生活中，学着适应，学着承受，学着不再横冲直撞，学着面不改色。可是总有那么一刻，突然就触到心底的那个角落。

那个被遗忘的梦想，你还记得吗?

第一章

以梦为马

梦想，是一个人出发的起点，

无论在什么样的年龄，

我们都要拥有踏上征程的勇气。

别让梦想活在别人的口中

一千个人眼中有一千个哈姆雷特，一千个人活着就会有一千种不同的活法。每个人对成功的定义不同，生活的目标不同，所以才有了各式各样的人群。

生活中我们都很害怕偏执的人，听不进去别人的意见、固守着自己的看法。但更可怕的是毫无自己的主见和思想的人，每做一个还没有尝试过的决定就被别人一句话轻易地否决了。是没有信心吗？是没有实力吗？我想，都有。

其实成长就是不断尝试、不断挑战的过程，如果连尝试和挑战的勇气都没有，就将自己置身于安逸区内，那样的人生从开始便可以看到结局，未免太过枯燥。

邻居妹妹即将大学毕业，有一次我无意间问了她一句，马上就要毕业了，想好将来要做什么了吗？我能感觉到在她思考的几秒内所散发出来的无措，那是对未来的恐惧。

妹妹其实很聪明，而且很有绘画的天分。小的时候常常参加学校里的比赛，拿的都是第一、第二的名次。她也曾是家里的骄傲。后来学校邀请她参加市里的比赛，却被她的妈妈拒绝了，原因是马上就要中考了，这些与学习无关的东西不可以再分散她的心思。从那之后，画画不再是她骄傲的资本，反而变成学业的一种负担。那是妈妈口中“没用的东西”，那是爸爸口中的“玩物丧志”，妹妹便渐渐不再提笔。

高中时她开始学设计，对空间的规划、对房屋的构想成为她业余最大的兴趣。先是从网上学习，到后来购买材料似懂非懂地尝试着，竟也能设计出别出心裁的作品。她将作品发布到微博上，很多设计专业的学生都说她简直就是个天才，并鼓励她报考设计专业。可是在高二下半学期后，这个兴趣便被“终结”了。

妈妈说，学这个以后不好找工作。爸爸说，哪有女孩学设计的？你哪里懂得这些东西？瞎胡闹。姐姐说，学建筑设计的女孩将来都是要去工地的，你根本就不行。

后来妹妹选择了会计专业，从来都是优秀生的她学习一落千丈，但是为了大家口中的“将来好找工作”，她咬着牙让自己努力学进去。当我问她对未来有什么计划时，她无措了，那是没有方向、没有目标的无措。

她说，如果当初她坚持自己的想法，是不是就会不一样？只要想到将来要找一份会计的工作就觉得恐惧，她根本不喜欢当会计。

我们不鼓励毫无道理的坚持，可若是本身就有天分，那么为什么不努力尝试一下呢？现在学习的方法有很多，无论是设计还是绘画，都比从前有着更多的选择。也许她曾经的梦想是当一名漫画家，也许她曾经的梦想是当一名优秀的设计师，如果她当初坚持，或许现在已经成功，或许现在还是一无所有。

可人生从来都不是看到了成功才去做，而是在不断尝试、挑战、失败中再站起来继续尝试的过程。梦想，是自己的，它应该活在你努力的每一个轨迹上，而不是终结在别人口中的“你不行”里。

有个叫蒙提的小男孩，初中时老师要求全班同学写作文，题目是《长大后的志愿》。

蒙提洋洋洒洒写了七页纸，描述着他伟大的志愿。他说他想拥有一座属于自己的牧马农场，并且仔细地画了一张200亩牧场的设计图，上面标有马厩、跑道等位置，在这一片大农场的中央，还要建造一栋占地4000平方英尺的豪宅。

交给老师两天后，他拿回了自己的作文。作文上第一页打了个又红又大的“F”（不及格），旁边还写着一行字：下课后来见我。

下课后，蒙提来到办公室，老师说：“你小小年纪，不要总是白日做梦。你没钱、没家庭背景，什么都没！盖座农场可是个花钱的大工程。你要花钱买地、买纯种马匹并花钱照顾它，别太好高骛远了！”老师又接着说，“如果你可以重写一个不大离谱的志愿，我愿意重新为你打分。”

蒙提回家反复思量并征求父亲的意见，父亲只告诉他：“儿子，这是非常重要的决定，你必须自己拿主意。”

考虑了好多天后，蒙提决定将原稿交回，一个字都不改。他告诉老师，即使拿个大红字也不放弃自己的梦想。

二十年后，他终于建起属于自己的200亩农场，并在农场的最中央建造了4000平方英尺的豪华住宅。有一个夏天，老师带着学生来到蒙提的农场露营一星期，在离开之前，那位老师对蒙提说："蒙提，说来有些惭愧，我曾经给你泼过冷水。但幸好你有毅力坚定了自己的方向。"

如果当初蒙提和老师一样觉得自己这个梦想不切实际，放弃了，这二十年也会过去，时间不会停歇。可正是因为有了梦想的翅膀，他的二十年变得充实而有意义。而这二十年里，他肯定不止一次受到置疑——200亩的农场，对于一个一无所有的小子来说，简直就是异想天开。

可时间从来不会因为你没有梦想就停留，而梦想也不会因为别人的否定就一定会破灭。如果你心中拥有自己的梦想，并为它去奋斗、去努力，那么哪怕你当下过着自己并不喜欢的生活，但是只要离梦想近一步，离你所要的成功也就近一步。

不要让你的梦想"死"在别人的口中，我们应该听取意见但绝不能就此不思考、不动脑，随着大多数人的步伐前行。

生活不止诗和远方，还有眼前的房租和水电

梦想、远方和诗，唯美得就像是梦里的奇境，让人心生向往。曾经最美的辞职信“世界这么大，我想去看一看”引发了网络热议，有多少人渴望着一场说走就走的旅行，追逐一场关于远方和诗的洒脱。

可，你有这样的能力吗？

远方固然很美，可干瘪的钱包、完不成的工作都挤在眼前，放下一切的洒脱，也是需要资本的。

朱迪离职了，当我们发现的时候她已经旷工3天了，人都已经在大理了。

大理，那是她的梦想，她曾不止一次和我们说过她想要到那里，看云卷云舒，听花香鸟语。她要远离城市的喧嚣，在那里开一家有特色的客栈，见一些有故事的客人。最近这样的想法越来越强烈，强烈到她连工作都来不及交接，直接消失，连工资也不要了。若不是发现她朋友圈的照片，我们还担心她出了意外。

我们当然也是羡慕的，说走便走的勇气不是谁都有，在美景里开一家有故事的客栈，听起来就让人无限遐想。

其实我曾劝过朱迪，她还年轻，没有资本，开一家客栈绝不是想象中那样简单。需要的又何止是启动资金？人脉、宣传等等，都是需要经验的，而她全凭自己一腔热血便去了，我除了羡慕之外，

更多的是担心。

生活太现实。朱迪的家庭条件并不是很好，工作几年没有什么积蓄，为了这家客栈她贷了款，不懂装修只提了个理念便全交付给别人，家具买来之后才发现比别人购置的贵了许多，但磕磕绊绊中终于将客栈开了起来。

一个多月，入不敷出。

我们建议宣传、做活动、做公众号，将特色传递出去自然有人慕名而来。可朱迪说她只是想要一家没有俗味儿的客栈，那些活动她不屑做，如若做了和其他生意人又有什么区别？我们瞠目结舌，又无法反驳。

结果不用说，也能猜到，欠下了一笔巨款后她将客栈关闭了。

听说，是房东将她赶出去的。她没有回来，继续在大理留守，等着卷土重来。

朱迪有勇气且坚定，可她忽略了梦想需要基本生活的支撑，当基本的生活都过不下去时，“梦想”只是一个名词，它可以给予你积极生活的力量，但绝非逃避现实的借口。

有人说，生活不止远方和诗，还有眼前的苟且，眼前的就是苟且吗？我听过另外一句——我们总是梦想着天边的一座奇妙的玫瑰园，而不去欣赏今天就开在我们窗前的玫瑰。我们的窗前未必有玫瑰，但我们绝对可以在寻找到玫瑰园之前，先赠予自己一朵玫瑰。

别将生活想得太美好，更别将钱想得太俗气。毕竟大气层以外是无法生存的，无论选择怎样的活法，我们都逃不开“烟火气”。

大理有一家客栈名为“梧桐”，之前我并未去过，是我的作者魏荣凯先生告诉我的。那里的老板娘极具个性，她做得一手好饭、弹得一手好琴。那时起我便对她有了好奇心：选择在大理开客栈的姑娘都是带着文艺气息的。

客栈算不上古色古香，但很温馨、舒服。绿植刚好，栅栏上方挂着一块木牌，上面写着“梧桐客栈”。老板娘看起来并不大，笑起来的时候很阳光。她独自坐在夕阳下时，感觉像一首诗，让人想要轻轻哼唱民谣，感受时光的静谧和美好。

我曾问她：“这是当生意在做吗？”她歪头看我，不可思议地说：“当然是生意，否则我要怎么生存？”

她大学时主修的便是管理金融学，那时她便想好要在大理开一家客栈。大学毕业之后，她从酒店服务员开始做起，学习最基本的叠毛巾、整被套、整放杯具鞋子、清理房间等等。有时也会受委屈，遇到奇葩的客人，气得躲在厕所里哭一场。哭完之后又笑了，有什么好哭的呢？委屈不过一时，心有梦想，迟早开花。

她做到了管理层一段时间后便辞职了，带着积蓄，又花了两年的时间在客栈里打工学习。她说，客栈和酒店终是不同的，一个带着时代的节奏感，一个带着世外桃源的平静感。

后来，她开了客栈才发现，哪怕累积再多的经验也依旧会遇到各式各样的难题，但是只要一想到自己的梦想已经在手中，什么难题都不会再让她委屈到躲在厕所里哭。

我问她，有故事的人是否可以免单，她笑开了花：“自然是不能的，但可以打折。”在大理开一家客栈是她的梦想，但梦想也是要吃饭生活的。

末了，她说：“当然是生意，但也不全是生意。”

这样的矛盾感在她的身上是一点也不违和的，就像可以做得一手好菜又可以弹得一手好琴，还能写得一手好诗，又能打得一手好算盘似的，不违和。

任何梦想都要以生活为依托，放开双手的洒脱也不过是有人在为你支撑梦想。比起靠着别人支撑起来的梦想，我更欣赏“梧桐”的老板娘，明确自己要的是什么，在一身的“烟火气”中找到世外桃源。

生活，绝不仅仅是远方和诗，还有眼前的房租和水电，还有眼前做不完的工作和处理不了的人和事。当“玫瑰园”离我们还遥远的时候，不要害怕，不要惶恐，买一朵玫瑰吸取花香的力量，踏实走好每一步，“玫瑰园”便会越来越近。

所有的欢笑和眼泪，都是筑成梦想的基石

成长的路上，总是顺利与挫折齐飞，欢笑和泪水齐伴。没有人会一直一帆风顺，也没有人会一直倒霉。既然我们成长的道路总是这样五味杂陈，为什么不沿着这条路通往自己的梦想呢？同样的滋味，结局却会更加有意义。

伟大的发明家爱迪生一生有 2000 多项的发明，其中我们最为熟知的是电灯。如今十分普及的电灯却是爱迪生研究了几千次才成功的。1879 年，第一盏电灯成功，结束了蜡烛和油灯时代，这一发明推进了人类文明的进步。但这过程绝非我们所想的那样简单。最初的电灯光线刺眼、耗电量大，寿命也不长久，而且成本很高。爱迪生总结了其他科学家的研究成果，对 1600 多种耐热发光材料逐一实验，才发明出了能够持久点亮 45 个小时的灯丝。所有人都欢呼起来，但爱迪生并没有满足，他又实验了 6000 多种植物纤维，让电灯可以持续照明 1200 个小时。

回想当初，爱迪生在发生灯泡时，要失败多少次？他成功之后也并没有就此满足，而是进一步研究并且提高它的质量和寿命。

每一个伟大的发明都伴随着无数次的实验才能成功。这是所谓的“匠人精神”。而这样的“匠人精神”无论放到哪里，都会取得不凡的成绩。

所以，在谈梦想之前，我们做好了面对挫折不放弃，取得阶段性胜利也不骄傲的准备了吗？

我的一个作者朋友，从小学开始便喜欢写作。大学时期便开始给各家出版社投稿件，但均被退回。她没有气馁，每一次都很谦虚地问编辑退稿的原因，并且认真地做笔记，完善自己的不足。

从不屑于看别人作品的她，开始大量阅读，读到好的句子便摘录到自己的小本子上。学习别人的故事构架、学习别人写人性的魅力、学习别人如何驾驭各种情绪描绘。时间久了，她写作的水平直线提升。

但这个过程，并不好受。有一度她总是在网上向我哭诉，不明白为何要这样折磨自己，因为别人一句不好就否定了自己，因为别人一句夸奖又心情变好。最难熬的是在大量的学习过程中她迷茫了，写的东西再也不像是自己的文字，像是失了灵魂的拷贝，她找不到方向，也找不回最初有灵感时那个落笔生花的自己。那段时间写出来的作品，连她自己都不愿意看。幸好，后来她及时调整了自己，在没有灵感时便停笔，看一看风景，听听身边的声音，暂停下脚步感受这个世界。

终于她的努力得到了回馈，她的文字开始有人欣赏，有出版社主动联系她询问出版事宜。她开心坏了，对我说时声音都哽咽了，那是对之前所有努力的回报，她很庆幸自己没有放弃。

如愿出版了作品，但销售量并不是很好，排除其他因素，编辑给出的答案是市场已经饱和，这类型的文字已经不像从前那样火热了。那是她第一次接触了“市场”这个词，原本简单快乐的写作突然附加了许多东西，她又开始迷茫了。什么样的故事受市场欢迎？什么样的文字能让读者眼前一亮？她仿佛回到了那段时间，再一次找不到方向。

至今，我也未见她再写出有灵气的文字，而她也放弃了，就此封笔。

市场重要吗？当然重要！

但市场和初衷并不冲突，写作原是喜好，大多数作者最初写作也仅仅是因为兴趣。但是一味迎合市场，最终只会失去了灵气，作品中没有作者的灵魂和思想，只是一堆文字的组合而已。

写作是她的梦想，为这个梦想她付出了努力，尝到过实现梦想的美妙。但之后呢？迎合市场的同时保证自己故事的质量，接受改变又不随波逐流，说起来很简单，但做起来就没有那么容易。

有人说梦想中最怕的是挫折，不断的失败让人没了继续的勇气和信心；我却觉得最怕的是成功一次之后的迷茫。不再坚定学习的心，不再听取别人的意见，觉得自己已经有足够的经验，这才是最可怕的。

我的闺密芴香初，相信很多人都看过她的作品。她的写作路似乎很通畅，第一部作品就被出版商看中，出了实体书。身边的朋友都满满羡慕，都称她为作家、才女。她在最初的喜悦过后，反而冷静下来，开始担忧。

那时的她文笔较为青涩，故事的结构并不完美，每一次她回头去看自己作品便能看到许多的不足，甚至一度觉得自己的能力不足以驾驭文字。

因为思维局限加之其他原因，接下来很长一段时间，她都陷入了灵感枯竭期，觉得自己以后都写不出更好的作品了。她和我说，越了解自己，越发现自己能力的欠缺，文字的干枯低劣，不知道对自己的梦想的追求是不是可以继续坚持下去。

我告诉她，当你发现自己越来越多的缺点的时候，说明你正在不断进步；当你觉得自己无法继续前行时，那么你需要的是停下来充实自己。

香初笑了。

她说，你说得对，一个人只有在无知的时候才会觉得自己无所不能，就像以前的我。一旦发现自己满身缺点、错误，那么，那个时候的她正在成长。

她放下了手中的笔，停止创作，开始潜下心来学习。

学习过程不多说，仅凭之后她连续出版多部作品，便知方法得当。

但她并未就此止步，反而跑到了北京去当编辑。她的想法很简单，一直写作寻找灵感，毕竟还是站在作者的角度去写作。去当编辑，掌握更加全面的知识要点，才能让她变得更好。果然，当了编辑之后才知道，原来在当作者的时候竟有这么多的语病，一个小小的标点有时候也可以累坏文字编辑，一个错误的用词便会破坏整篇文字的感觉。

看着一本书繁复的制作流程，她心中的体验更是难以言喻，那是以前从来都没有想到过的。当一个个文字从电子文档变成拿在手里散发着墨香的书本的时候，内心的充实和成就感又是另一种体验。

当你明白一个作品产生的过程，再去做这件事时，便又和从前不同。

比如最初觉得无所谓的书名，比如最初觉得无须引人入胜的开头，到后来才明白一本书的完成每一步都很关键。

如今，她的文字越来越成熟、内敛，受市场欢迎的同时也坚持着自己的理念，向读者传递着正能量和积极思想。她慢慢地跳出了单纯地写读者喜欢的作品这个梦想的范畴，现在更能让她获得满足的是自己的作品可以帮助很多人建立积极健康的思想理念，让更多的人生活在阳光之下。

这个过程曲折而艰难，可是香初的梦想，却由最初简单的追求，升华到了另一个层次，那是心灵上的满足。

怎样才算是完成梦想呢？

想开一家咖啡店，当店开启时便算是完成了吗？

想当一名歌手，当音乐被大众传唱时便算是完成了吗？

想当一名服装设计师，有了属于自己的品牌便算是完成了吗？

很多人觉得，我扛过了挫折失败，最终实现了自己的梦想，这还不算是完成吗？在我看来，梦想的彼岸始终在建造的过程中，哪怕已经抵达。

完成了咖啡店的开张后，如何经营好便是梦想的下一步；

成为大众熟知的歌手后，如何提高自己的歌唱水平便是梦想的下一步。

就如同闺密香初，如她第一本书出版后便自满止步，那么很快便会失去之前所获得的一切。所有的欢笑和泪水，都是筑成梦想的基石，好好运用它便会一块一块堆垒成梯，让梦想的画面比想象中还美。

你敢问，世界就敢回答

梦想真的可以实现吗？

多少人心里抱着这个问题，一步步从幼年走到青年，从青年走到中年，从中年走到暮年，依旧在思考这个问题，却很少有人梦想成真。所以越来越多的人会觉得梦想那就是做梦，想想也就行了，真正想要实现，太难！

然而，他们的话，其实是有道理的，这个世界上的成功者永远比失败者多。

成功的人会告诉你，只有你敢想，才有可能，若是连想都不敢想，谈什么梦想？守着你家的一亩三分地，或者守着你一月两三千的保底工资，守着你微薄利润的小店，一辈子平平凡凡，也没什么不好。

然而只有为了梦想拼搏的人，才能体会到一步一步爬上巅峰的快乐；只有这个时候，我们才更有能力帮助身边的人，帮助想要帮助的人；也只有这个时候，才会发现，梦想比我们想象中的更近。

白晓是我一个发小，幼年时，我们曾一起上学，一起长大。

可是从小，他就是父母、老师眼中的坏孩子，不好好听课，上课看课外书，不听老师的话，三天两头请家长，是全校出了名的差等生，父母都不喜欢我跟他玩，而且连我都觉得他不切合实际，成日做着白日梦。

我记得以前班主任老徐问我们的理想是什么，当时的我们都还小，哪里想过成不成功的问题？只是把自己内心崇拜的一些动画片、电视剧里的角色带入梦想。

有些小朋友说想当科学家，可以穿着很拉风的太空服在外太空飞；有些说想当发明家，像爱迪生一样发明电灯，还可以发明飞机；有些说想当医生；有些说想当画家；也有些说想当明星、歌星。但当老师问到怎么去当的时候，一个个都沉默了，好一点的就回答，好好学习，考上大学就可以成功了。

问到白晓的时候，他说，他想写故事，让全班的同学看到，让全校的同学看到，让全省、全国、全世界的人们都看到。如今我还记得他小小的脸上斗志昂扬的表情，我觉得他讲那些话的时候特别有气势，像极了古代的大将军。

也就是那个时候，我自己也对写字这样一个小小的梦想产生了期待，我承认，不管白晓是不是差等生，至少他的话让我热血沸腾。

我本来以为一向都会被老师批评鄙夷的他，这次一定会被老师夸奖。可是老师却走过去，撕了他所有的课外书，扔到他身上，并批评他毫无理想，成天只想着看小说，让他不要为自己上课偷看小说找借口。

我记得当时老师说得最毒的一句话是：就你这样子，还妄想当作家吗？看看别的学生们，他们多有理想，你现在不好好上学，将来要饭都要不到，作家？做梦差不多！

同学们哄堂大笑。白晓一度成为全班同学的笑柄，甚至学校别的班的学生在看到他的时候也会在背后指指点点，看到了吗？那就是（8）班那个妄想当作家的差等生。

我记得那时候，白晓哭了，哭得很伤心。

后来白晓上课不再看小说了，他泡在图书馆的时间却变多了，别人的梦想渐渐都被淡忘了，可是他却对古史奇书更加热诚。我问他是不是被老师刺激了，他说，我只想在我梦想成真的时候，给老徐寄一大堆书。

偏科严重的白晓并没有考上特别好的大学，可是今天的我却正抱着白晓出版的书读得津津有味，他成了全国名气不小的作家。有一次通电话时我问他，给老徐的书寄过去了吗？

白晓笑了。

他说，书寄了，各样挑了几本寄的，但不是为了刺激他，而是感谢他当年的教育和呵斥，没有当年的老徐，他或许已经像许许多多梦想当作家的孩子一样，把学习的时间都白白浪费在了虚幻的小说世界里。

他还说，梦想其实离我们并不远，可是岔路却很多，我们需要的不仅仅是梦想，更是辨识明路的慧眼和接近梦想的勇气。

梦想真的那么难以实现吗？

不畏惧将来的勇气，不畏惧失败的挫败，不畏惧摔倒的痛楚，不畏惧人言的打击，不畏惧无知的自卑，昂首挺胸，向这个世界大声问出来，这个世界就敢果断地回答你：世上无难事，只怕有心人。只要我们不断去努力，去靠近。

每当我们往前迈出一步，梦想就距离我们更近一步，只有对这个世界了解得更多，通往梦想和成功的道路才会更容易、更平坦。

哪怕最后失败了，我们得到的，都永远比不曾尝试的那些人多很多很多，我们以后的人生也将比旁人更精彩。

你敢问，世界就敢回答！

捡起吧，遗失的勇气

我们总谈梦想，却依旧有很多人不敢去追求梦想。现实的打击、生活的压力、别人失败的例子成为胆怯的原因。对自己缺失信心，害怕追求了还是一场空，害怕别人嘲讽的目光，更害怕亲近的人失望的眼神。

阻挡步伐的因素总是太多，于是有了很多的借口，并不是我不拼搏不努力，而是明知道不会成功为什么还偏偏要去试，不如舒舒服服来得安逸。扪心自问，你真的试过了吗？为你的梦想去努力过了吗？

勇气，简简单单两个字，却有太多人失去了。

我身边有很多人，不敢去尝试。他们年轻的时候也是意气风发、高谈阔论，觉得天下没有完不成的事，可是一旦被现实打击就退回到舒适区，将梦想遗忘。

陈霖今年30多岁，对于这个年纪来说不算成功，也不算是失败，每天朝九晚五，按时上班按点下班，领着不算多的工资，在大城市里和妻子生活得算不上窘迫，但也绝对不富裕。就在最近，妻子怀孕了，她建议陈霖可以考虑自己开公司，这样将来有了孩子经济也不会太紧张。可陈霖想也没想就拒绝了，这已经是他们在一起以来陈霖第 N 次拒绝开公司的想法。

他的妻子王芳和他是大学同学，看着他这模样又是气又是急。她记得当初在大学里的陈霖并不是这个样子的，那时候他总是积极的，无论做什么事都勇往直前，那时候他谈论起将来要开一家游戏公司，要设计一款风靡世界的游戏，不仅仅要赚钱，更要创造出不一样的游戏体验。临近毕业时有公司来招聘，陈霖很有希望入选，可最后公司选择了另外一个同学，那时起陈霖便开始觉得世界不公，他觉得一定是那个同学使用了什么伎俩，否则他明明比那个同学优秀，怎么会落选呢？

后来又碰了几次壁，大学毕业一年了，也没找到工作，整个人郁郁寡欢。王芳在那时问他有没有自己想做的事业，陈霖想起了自己从前的梦想，要开一家游戏公司，他将想法告诉王芳，王芳让他做一份计划书，如果确实可行，她会将积蓄拿出来支持他，也可以去找人投资。他一听要找人投资，便又提不起精神，他想别人怎么可能因为他的一份计划书就掏出真金白银，他不相信。更何况，如果找人投资失败了，他要不要赔钱？借来的部分又怎么还？

王芳无奈，只能托关系为他找到了一份编程的工作。慢慢两个人有了一定的积蓄，王芳又重新提起开公司的事。她大学主修的是会计，后来又学了管理；而陈霖的专业非常好，想法也多，他为公司策划的几个游戏，市场反响都不错，还有人愿意借资给他们，王芳觉得这是个好时机，可以完成他的梦想了。

可陈霖还是拒绝了。他考虑到自己开公司要做的事情实在太多，而且如果失败了又将一无所有，哪怕拥有90%成功的可能性，他更在意的是10%失败的可能性。他觉得现在这样没有什么不好，人生匆匆几十年，为什么要那么累呢?

时机就这样错过了。哪怕王芳后来提出不用辞职，只需要自己在家先研发新的游戏，也依旧被拒绝了。因为陈霖觉得，不要考虑那么多，人生平平凡凡过去就好。所谓梦想，不过是儿时不懂事的遐想，何必当真?

平凡确实没有什么不好，我们大多数人都是平凡度过一生。但在这份平凡里，可以有属于自己的不平凡。如同陈霖，因为被拒绝几次之后便失去了勇气，不敢再拼，不敢再闯，害怕失去，干脆就不去争取。

着实有点可惜。

或许有人会觉得，他这样也没有什么不好。平平凡凡在自己的岗位上，大多数人不都这样吗？只是，若是没有这样的才华和机遇，放弃也就算了，可有这样的机遇又有这样的才能，却因为少了那么一点勇气就放弃，这才是真正的可惜。

更何况平凡人，也可以拥有属于自己的梦想。

最近有一条新闻，指某外卖平台让聋哑人送外卖，而他们在送外卖之余居然拿出残疾证向人讨要钱财。客户十分生气，立刻给了差评并且进行投诉，商家在接到投诉之后表示已经向该外卖平台反馈，今后再也不会让聋哑人送餐。

刚看到这则新闻时我吓了一跳，聋哑人送餐居然公然讨要钱财？既然已经选择付出劳力赚钱，再以这样的方式赚取钱财实在不可取。可看完新闻的朋友会发现，真实的情况是，工作牌上写的是：您好，我是×× 外卖骑手 ×，因为我是聋哑人，所以不能说话。请您检查菜品是否齐全，并对我的服务做出评价。谢谢。

当我看到这张工作牌时，心中有些发酸。且不论这件事中谁对谁错、公司是否考虑周全等等，就看他努力生活的样子，就令人为之动容。

一个残疾人，先天听不到、说不出，可他并没有放弃自己，而是更加努力地让自己适应这个社会，让自己去生存。他们的梦想很简单，就是活下去，靠着自己的双手活下去。曾经看到过很多关于残疾人如何靠着自己的毅力完成了不可能实现的梦想的相关报道，无论是完成了梦想还是像这个送餐小哥一般只是为了生存，都值得人尊重。

生存，靠自己生存，是他们的梦想。

可以想象，像小哥这样的人在找工作时一定遇到很多困难，会遭受白眼，会被人拒绝。可他没放弃，也没有因此就失去勇气，因为他知道只有靠双手去养活自己，他才和其他人没有区别。我们健全且聪明，我们拥有更多的能力，我们可以创造出更多的条件来让自己去实现梦想。梦想，实不该是一句空谈，更不该是多年后酒桌上的一声叹息，如果当初……没有如果，任何时候付出行动都不迟。

你只有拥有了勇气，才会有动力，才会开始真真切切地去思考自己的梦想究竟要如何实现，才有脚踏实地的努力和雨后天空的彩虹。

拾起你遗失的勇气吧，前方没有那么可怕，道路也没有那么崎岖，在梦想这条路上，从来都不会孤独。

以梦为马，勇往直前！

第二章

世界变太快，唯有学习才能不被淘汰

我注意过，

即使是那些声称“一切都是命中注定的，

而且我们无力改变”的人，

在过马路前都会左右看。

——斯蒂芬·霍金

当所有人都在改变，我该跟随还是坚持自我？

如今社会发展飞速，新鲜的事物不断出现，过去的经验在如今看来似乎并不通用了。很多人都在迷茫：世界都在变化，我是否应该也去改变呢？

有人说，我们大多数人都想要去改变这个世界，却鲜少有人愿意先想想如何改变自己。但正是因为人的改变才带动了这个世界的改变，而世界的改变则让更多人产生变化。这种改变给我们带来最直观的影响便是，相同的事、相同的章程，在不同的时间，面对不同的人，也许带来的结果不再相同了。

从小家长、老师教我们学会思考和辩证，让我们学会对事物有着自己的见解和分析。而如今也是这般，变或不变并非定数，在于你对自我的要求以及环境的需求。

每一代人应该都有这样的感受，总是被上一代挑剔、诟病。

似乎新一代的成长总是伴随着叛逆、桀骜不驯这样的标签，比如 80 年代的人不如 70 年代的人能吃苦、90 年代的人不如 80 年代的人独立等，我们贴着这样的标签成长着，正是环境带来的影响。我们接触越来越多的外界事物，80 后选择了“不那么听话”，敢想敢闯，90 后选择了新鲜的活法，将网络运用于生活。

网络时代越来越贴近人们的生活，从最初的网上购物到如今的主播平台，网络给我们的生活带来了巨大的变化。

小芳家居乡下，小的时候因为意外失去了双腿。家中父母以务农为生。小芳 18 岁那年，父亲意外离世，只剩下她和母亲相依为命。父亲骤然离世让这个原本就不宽裕的家庭一下陷入了贫穷。母亲除了务农之外便去打零工，看着母亲的辛劳，小芳心中难受却无能为力。有时候常常会想，若是没有自己的拖累，母亲也不必这样辛苦。

好在小芳是个开朗且坚强的孩子，再艰难的环境也从没有想过以轻生去缓解母亲的辛劳。

过年时她无意间看到隔壁家小姐姐拿着手机看着什么哈哈大笑，她好奇一问才知道，那是别人正在直播。小姐姐告诉她，现在直播很流行，很多年轻人都靠这个在赚钱呢！

她心念一动，自己不能外出打工，但如果能够以直播的方式赚取一些生活费，那对她而言简直是太棒了。

之后她立刻去找那个小姐姐，央求着带她了解各个直播平台的操作过程，观看、学习别人的直播。在有了一定的了解之后她选定了平台，在一个小姐姐的帮助下注册了自己的账号。那个小姐姐也是出于好奇，便帮着她一起拉人流量，刚开始也没有多少人观看，那小姐姐便告诉她，要学着其他主播购买背景墙，将小屋子的一角布置得暖暖的。

她清秀可爱的模样加上灵动干净的歌声，小芳很快就引起了平台经纪人的注意，在了解小芳的情况之后，平台决定免费提供给她一些必需品，并由经纪人选择时机推荐，在得到一些收入之后，小芳自己购买了手机，并拥有了固定的粉丝团。

如今，小芳靠着每月直播有着不错的收入，但她并没有就此止步。

她想网络直播是一个这么好的平台，如果只是用来唱歌赚取一些生活费太过可惜。于是，她除了完成和平台签约的直播时间外，还会直播农村的新景象，更将家乡的特产推荐出去。这一举动不仅仅带动了小芳家的收入，更带动了全村人的收入，以往滞销的农产品很多都由小芳的平台得到了推广，村里的贫困人家都对小芳满心感激。

这便是改变。

生活中总有太多的无奈是我们无从选择的，当这一条路走不通时不要懊恼，不要气馁。人生从来就不会只有一条路可以走，多看一看、多听一听、多学一学，当选择多了的时候，便会发现这个世界从来不像自己想象中的那么难。

穷则变，变则通。

这里的“穷”绝不仅仅是指经济上的穷，更是指思维、思想和品质。我们常说，一个人的性格和处事方法是很容易被身边的人和环境所影响的。

就拿我从前就职的公司来说，那时候我们以完成工作为乐，部门里所有人为着同一个目标而努力，当我们完成并超越目标时的那种集体荣誉感无法言喻。

但当我到一家合作的公司去看时，他们所定的目标以及工作的效率都让我惊讶，怎么会这么慢？难道都没有更高的目标吗？

我当时的老大笑了，说：“那是因为你现在所在的环境是这样的，所以你会觉得我们一个月应该完成多少量、多少质，会主动去做、去努力。但如果你所在的公司都是松散的，只完成少量，你也会觉得正常。如果突然加量你还会抱怨呢！”

想想，可不正是这样吗？这让我心中有了警觉，无论我们身边的环境是怎样的，至少有些事、有些信念是我们一定要坚守的。

在一家超市里，父母、母亲和年轻的儿子一家三口人在完成了家庭购物之后，父亲让儿子把使用过的购物手推车送回到原来的地方。

儿子说：“爸爸，你看到了吗？手推车扔得到处都是，没有一个人去送还的。超市有专门的工作人员负责收集和归拢手推车，何况大家都是这样的。”

父亲问：“那么，儿子，你认为送还手推车是不是一件有益的事情呢？”

儿子陷入沉思，沉默中的母亲说：“这又不是什么大不了的事情，别太苛求儿子了，我们回家吧！”

正当他们放弃时，他们看到一对年迈的老夫妇一人推着一辆手推车，将它送还到了原来的地方。目睹这一场景，父亲再次对儿子说：“儿子，这世界上有两种人。一种是用过手推车后将它随处一扔了事的，一种是会将它送还回去的。我希望你做送还回去的那种人。”

儿子最终将手推车归还到了原处。

很多小故事的结局都会因为一个小细节而获得一份意想不到的收获，比起那样的小故事我更愿意分享这样的。

故事中的父亲说不出来什么样的大道理，但他希望儿子可以不因为“大家都是这样”而也变成这样的人。环境有时候是可以影响一个人，但环境更能教会我们什么该做、什么不该做。就如同在街上乱扔垃圾，反正大家都是这样做的；如同不讲信用，反正对方也没有什么信誉。可当我们也这样做时，最终损伤的还是自己。

我们都曾厌恶没有素质、没有道理和没有信用的人，所以无论环境如何，都不要成为让自己厌恶的人。

而有一些事、一些品质，哪怕有付出没有收获也应该坚持。

年轻，是优势还是短板?

想想时间真是可怕的东西，它的流逝真是半点也不由人。在几年前，我和小初在公司里就职时，还曾被人羡慕过年轻真好。如今，我们看着刚进入社会的年轻人，带着懵懂、憧憬和勇往直前的闯劲儿，也得感叹一句：年轻真好啊！

初入职的年轻人说，年轻就是我们的优势。

步入社会一段时间之后，年轻人又说，年轻就是我们的短板啊！

对于大部分的年轻人来说，年轻既是优势又是短板，这并不矛盾，在不同的情境下便会有不同的结果。

李易是一个很有想法的年轻人，大学毕业之后就没有想着要去找工作，他要成立一家属于自己的公司。大家称赞说他的点子多，而且思路灵活，他也觉得自己这样的人不应该去给别人打工，而应该有属于自己的事业。

当向家人伸手要创业资金时，父亲曾劝他先到别人的公司学习几年，至少懂得公司如何运营，只有自己清楚知道流程和方法才能够掌控一家公司；光靠闯劲儿和点子，是不足以撑起一家公司的。李易不听，他已经打定主意，连办公室的模样都在他心中勾勒出来了，更何况同学们都知道了他的想法，他怎么能后退?

“我还年轻，就应该去创业，应该去拼，去闯，去取得一份属于自己的事业。何况我还年轻，哪怕失败了，也不过是从头再来！我这么年轻，有的是时间！”李易说。

父亲还想讲些道理，无奈宠溺孩子的母亲出来帮腔，递了银行卡给李易让他放心大胆去闯。

李易拿了钱，兴冲冲地开始找办公地点，租好了之后又开始招聘人员。在网上发布招聘信息时才发现自己工商的手续都没有办理。从未跑过执照的他也未提前去了解，又走了好多弯路，终于手续全都办好、人员也招好了，之后公司正式开了起来。

刚开始，公司没有业务，他带着助理去跑却连吃闭门羹。他想，自己的强项是设计而不是业务，于是又开始招业务员。但业务哪有这么好跑？没有订单的日子只能一公司的人大眼瞪着小眼，清闲又担忧。几个月过去了，公司慢慢有了一些起色，可是财务一算账才发现入不敷出。他虽然从家里又拿了些钱，可是心中却越来越没底。失眠、发火成为他的常态，不知什么时候就会爆发。最终公司还是倒闭了，他逃回家中一连好几个月不出门见人。

当初说的年轻就是他的优势，失败了大不了从头再来的气势也荡然无存。

有很多年轻人都像李易这样，觉得自己年轻没什么怕的，不过是从头再来。可是年轻总会过去，年轻也不应该是肆意挥霍的资本。

年轻，应该是增值的过程。

敢想、想拼、敢学、敢失败，这些都可以成为年轻的标签，但绝不应该是盲目自大、不听、不学的理由。因为年轻，我们敢尝试任何东西，可任何尝试都是需要成本的。年轻时，有父母可以为你经济上的损失埋单，但流逝的时间和机会最终还是由自己承担。

不打无准备之仗，做任何事之前都应该先磨好自己的剑。更应该谦虚求教，学习别人的经验，而不是觉得自身够优秀就可以闭门造车。失去的金钱可以再赚，可失去了拼搏的勇气，就真的得不偿失了。

栗子从小就是一个特别敢想的孩子。小的时候我们还在跟父母讨要零花钱，他就学会如何用自制的小工艺品换糖吃。当我们还在乖乖听父母话的时候，他已经可以很有主见地说出自己为什么不执行父母的某个指令，一二三条说得头头是道。大人们都说这个孩子将来不得了，一定可以做成大事业。可栗子说他不想要什么大事业，他只想专心将自己的手工艺品传递出去。

虽然醉心于手工艺品，但是他并没有落下学习。也常有人对他说，反正你将来都是准备以手艺为生，学习对你来说没有多大用处。他说，正是因为将来要以手艺为生，学习才更不能落下。除了喜欢做手工艺品，他还喜欢研读各类书籍。在他看来，故事精彩很重要，更重要的是人的思维。在书中他可以看到不同的人有着不同的想法，他喜欢研究。

现在已经上大学的栗子，制作的手工艺品在网上已经有一部分人追捧了，很多同学都羡慕他，但他发起愁来。思维的局限是他目前最大的难道，不敢说超越前人，至少要突破自己，他太明白风格对一件作品来说有多重要。但要有一个属于自己的风格又能让人惊艳，实在太难。

但他没有焦躁，而是沉下心好好学习。有时候我们会发现他看的书和手工艺品完全无关，都觉得他是否要改变自己的路线时，他又嘿嘿笑道：无论是什么书、什么事情都会带来灵感，有时候未必是相同的事物才能借鉴。

这就是融会贯通。

在网上很多人对他的作品进行点评，每每看到好评他都一目十行地跳过，反而是批评的他会认真阅读，看了好几遍再沉思。朋友有时会劝他，那些人根本不懂还指手画脚，无须理会。但他觉得，无论对方懂不懂，只要他能提出自己的见解就一定会对自己有帮助。栗子常说的话便是，我们总觉得自己的作品是完美的，却不知在别人的眼中有那么多缺点。不能听到一个建议就去改变，更不能闭耳不听，固执己见。

如今他又在学习管理学，我们都觉得他快成“学痴”时，他又笑道：“我才不是学痴，我这可是为将来赚钱做准备呢！”

栗子很年轻，但他从来不敢挥霍时间。因为他知道，年轻就是这么几年，在最好的年华里他要抓住每一个学习的机会，为自己的梦想安插翅膀。在羽毛还未长齐之前，他是不会轻易尝试去飞，但如果机会到来，他也不会放过任何一个小的机会。

机会，总是留给有准备的人，不要只看到别人幸运的一面，更要看到他在背后的努力。一流的人才可以将三流的项目做到二流甚至一流，而三流的人才却能将一流的项目做至三流。学习如何成为一流的人才，为年轻增值。

年轻，是优势。没有经历太多的磨难和挫折，意气风发带着满腔的热情。

年轻，也是短板。没有太多的经验，没有经历过风浪，也没有尝试过失败，容易迷失，也容易失去勇气，害怕这个社会与自己想的不同。

其实，利用优势，规避短板，不失热情，不忘初心，前方的路便不会太崎岖。

你见过最恐怖的数字吗?

把每一个明天都当成末日去过，珍惜当下的每一天。

那天坐车时无意间看到一个偌大的招牌，上面便印着这句话。突然很有感触，和先生聊起天来，他无意说了一句：“你有没有将时间用数字量化过？”我不解，他又说：“假设我们还可以活五十年，我们还剩下 18520 天。”

那一刻我是心惊的，18520 天，我以为遥不可及的老年只有这简单的五个数字。我害怕死亡，是因为我害怕死亡之前会有太多的事没有做完。那些只敢想不敢去实现的梦，那些因为害羞不曾启齿的爱意，那些未完成的遗憾。突然觉得浪费时间真是可耻，更是可怜。

试想想，若是我们的时间只剩下 10000 多天，那么还有什么是放不下的？还有什么是让我们恐惧不敢面对的？

没有。

只有当时间变为一组冰冷的数据时，我们才会发觉明天真的不多。珍惜当下，勇敢实现自己的梦。

奇祥小时候就是个顽劣不堪的孩子，除了调皮捣蛋，他还总是不顾别人的感受，以自我为中心，无论是谁不顺他的意就能闹得天翻地覆。他的父母为了改正他这个毛病不知道用了多少办法，最终都拧不过他，也只能丢下一句“为你自己的行为埋单”便无力放手了。

长大后，他的脾气好了许多，但变得懒散起来。初中便辍了学，说要去学修车，学了几天将零部件弄坏了几个又灰溜溜逃回来。之后又想去学理发，当了一个月的洗头工后，觉得老板没有教他的心思只是招个免费工，破口大骂后又逃回了家。之后他便不再出门，成日在家玩游戏。

迷上游戏后，他的生活只有吃饭、玩游戏、睡觉。有时候连梦里吐出来的话都是关于游戏的。父母着急得上火，现在他们可以养着他，可将来他们都老了离世了呢？道理说过无数遍，可他就是不听，依旧我行我素。

也有人建议他喜欢玩游戏不如去当个职业选手，去受专门的训练，可是他又觉得当职业选手一旦有一点点发挥不好就要被人骂，他才不愿意受那份气。又有人建议他可以开个游戏直播，他挥挥手摇摇头，只想单纯玩个游戏不想牵扯那么多。

20 多岁时，奇祥喜欢上了一个女孩。他想和女孩一起生活，可是长期没有接触过社会又没有工作经验的他，很难在短期内找到工作。爱情让他起初十分有动力，坚持不懈地去找工作，连父母都觉得他是长大了、懂事了，有了一丝安慰。可是好景不长，连续几个工作他都坚持不了多久，不是嫌累便是觉得工资太少。最后，女孩说看不到希望、看不到将来，于是选择了分手。他一蹶不振，又回归到了游戏的世界里。

30 岁这年，他一无所有。新出的手机他看了一遍又一遍，可是再看一看账户里的余额，看一看父亲辛劳的模样，也只能后悔当初。哪怕早一年，早一年他愿意改改，也许就不会仅仅为了一个手机就体会无可奈何的感觉。

我不知道将来的奇祥是否会改变，但我知道再要改变时会非常困难。懒惰是人的天性之一，不用学习、不用工作多舒服，可是无奈的是人总要学会独立，学会生活，学会为自己负责任。我们只有去克服懒惰的天性，才能有好的生活。

都说凡事有个度，就如同游戏。游戏并不是罪恶的，它可以舒缓我们的情绪，可以放松我们的身心，但如果沉迷于此那就是本末倒置了。青春这么美好的时光，无论是学习还是玩耍都应该是明媚的，而不是等到一定年纪回头看时，只有悔恨当初。别让你的将来，埋怨现在的自己。

何况，哪有什么岁月静好？不过是有人为你负重前行。这句话说得多好，而有太多人连岁月都不曾经历，就忙着去静好。当有一天，身边不再有人承担你的衣食住行，不再承担你的任性妄为时，你才可能真正学会如何成长。

高中宿舍有一个同学，沉迷于上网打游戏，几乎每天晚上都翻墙出去上网玩通宵，回来不是逃课就是在课堂上睡觉。我们都觉得他一定有一个很好的家庭，不需要为将来考虑才可以这样放纵。直到有一天他的父亲来学校看他，我们才知道他的父亲是一个十分普通的农民，并非我们所想的豪门子弟。从他家到学校每天只有一班火车，到了晚上这个同学将父亲送走后，又翻墙出去上网。

可令我们没想到的是，过了一会儿，他又回来了，一言不发地坐在床上。良久之后，他重重叹了一口气倒在床上睡觉。更让我们惊讶的是，从此他再也没有逃过课，而且开始认真学习。那个最初连老师都要放弃的同学，最后居然奇迹般考上了大学。

后来聚会，我们都很好奇他突然之间的转变，他沉默了很久之后才告诉我们：原来那天他翻墙出去之后突然看到墙角的父亲，盖着一件外套蜷缩在角落里，看上去沧桑又苍老。那个身影狠狠刺痛他的心，从此他决定不能再辜负家人对自己的付出。

所幸的是，他醒悟得早，还来得及。有多少人都是在失去了之后才醒悟，才惊觉自己竟然有这么多混蛋的时候。很多时候改变就是一瞬间的事，别让那些为你负重前行的人白白付出，更别让自己大好的年华就浪费在自己的手中。

明天和意外我们不知道哪个会先来，当把时间换算成一组数据时，也许我们才会恐慌警觉，但无论何时，无论现在的你多大，现在开始改变就都来得及！

珍惜时间，珍惜爱你的人。

实力，是击碎嘲讽最有力的武器

我开始写第一本小说的时候，是不敢让旁人知道的，哪怕是最亲近的家人。那时候我很害怕他们知道我居然在写小说，更害怕他们会说我是异想天开：难道还想以这个为事业吗？

现在想想，那时候的我缺少的不仅仅是勇气和自信，更是对自己的能力的信心，所以才会害怕别人的嘲讽，害怕自己因为别人的三言两语就放弃了梦想。如果一个人有足够的实力，那么嘲讽对他来说也不过是前行的动力，而不是挡路的城墙。实力，便是自信的来源，实力也是达成目标的根本。

一个人若是没有实力，所谈的不过是梦；但他若是拥有了实力，那么所想的便是梦想。梦，是睡觉时的思维反映，而梦想是可以实现的宏图。

三十年前，贝特格在一家名叫麦森的陶瓷厂做清洁工。他的主要工作就是清理厂区内的陶瓷碎片和陶土，每天的工资是20马克。那时贝特格非常羡慕厂里的学徒，因为他们每天可以多领10马克，这10马克对贝特格来说十分重要。他的母亲患有哮喘病，每月需要10马克左右的医疗费，而他的工资仅够一家人的日常开销。

当然，做学徒只是贝特格一厢情愿的想法，这根本不可能实现。

首先，他没有足够的钱交学费。其次，他跟技师普塞套不上任何关系。普塞是意大利人，他把自己的知识产权看得特别重要，除了亲属或十分信任的人，他从不将核心技术传给其他人，包括厂家派来的工作人员。

不过，贝特格并没有放弃希望，他利用一切机会悄悄地学习烧制陶瓷的方法。清洁工的身份帮了他的大忙，有时普塞和他的徒弟在制作过程中会损坏一些陶器，会让贝特格前去打扫，他们并不避讳贝特格，毕竟他只是一个毫不起眼的清洁工，没有人注意他，也没有人怀疑他。贝特格非常珍惜这样的机会，他总是一边打扫卫生，一边偷偷学艺。贝特格有着很强的观察力，虽然没有师傅指导，但去的次数多了，他还是从中学到了不少东西。

一转眼十多年过去了，贝特格的身份还是没有改变，他仍然是麦森陶瓷厂里的一名普通清洁工。不过此时的他已经身怀绝技，能够烧制出十分精美的陶器了。一天，技师普塞和厂里的领导闹了矛盾，一气之下，普塞带着几个徒弟离开了麦森陶瓷厂，回到了意大利。当时，厂里没有别的技师，普塞这一走，工厂立刻陷入了瘫痪状态。厂里的领导急得如热锅上的蚂蚁，如果在短时间内找不到一个人代替普塞，那么工厂将面临倒闭。

就在大家感到绝望之时，贝特格站了出来，他对工厂老板说："先生，能不能让我试试？"老板见是贝特格，失望地摆着手说："你一个清洁工能做什么呢？我现在需要的是一名技师。"贝特格没有辩驳，而是不慌不忙地从身边取出一件陶器，然后满怀信心地说："先生，请您看看这个，它的质量能达到厂里的要求吗？"老板接过来一看，顿时惊得目瞪口呆。这件陶器的水准并不比普塞烧制的差，非常有特色。老板喜出望外，这简直就是雪中送炭，他立即转变了态度，和颜悦色地对贝特格说："工艺不错！不知你有什么要求？"

“我没有别的要求，只希望您能将我的工资提高到学徒的标准。”贝特格担心老板不答应，又补充说，“如果您觉得我的要求有些过分的话，我可以继续兼任清洁工的活，绝不会影响工厂的运转。”

老板听后，哈哈地笑着说：“清洁工的工作你就不要做了，只要你能烧制出让客户满意的产品，我就会给你和普塞同样的工资。”

在贝特格的努力下，麦森陶瓷厂不仅恢复了生产，还成了欧洲著名的陶器生产商，而贝特格也一跃成为德国的顶级技师，过上了体面、优越的生活。原来，只要坚持做正确的事情，再卑微的梦想也会开花。

如果贝特格没有实力，他提出来的要求不仅仅会被人嘲讽，更会让人觉得异想天开。一个清洁工居然妄想着要当技师，这在多少人看来都是不可能的。可是他用了整整十年的时间去学习，这所需要的不仅仅是聪明，更是毅力。当他拥有这样的实力时，在他提出要当技师时即使被在场其他人嘲笑、看不起，他依旧可以拿出自己的作品，不需要只言片语便可以堵上那些人的嘴。

而实力不会从天而降，需要我们不断去学习、积累。这个过程也许会很漫长，但最终只有握在手中的实力，才会让我们在这个不断变化的世界中不被淘汰。

当有人嘲讽你的梦想时，不要反唇相讥，将辩驳的时间用来增强自己的实力，用行动打消置疑和轻视！

小细节成就大梦想

你看起来勤劳肯干，积极又踏实，即使没有加班费也加班加点认真把工作做好，可是到头来，加班的是你，加薪的却是别人。是否不甘心？是否愤怒？

先别埋怨，大部分的老板都不喜欢员工加班，他们喜欢的是员工在工作时间内把工作做好，而不是没日没夜待在公司以极低的效率去完成本职工作。有的时候学习别人的工作方法并不丢人，取长补短才是取得进步的最好方法。

王欢最近忙得鸡飞狗跳，每次约她都在加班，可是每到月底的时候她的钱都不够用，在群里叫苦连天。忙出了熊猫眼，却拿着吃土的工资。一些朋友常常劝王欢，工作这么辛苦公司还不尊重她的劳动，干脆辞职跳槽得了。虽然吐槽的时候十分坚定，可是一看到房租、生活费，再一看银行卡上的余额，王欢又死了这条心。她的情况根本不允许她先辞职再找工作，想要先找到工作再辞职，却又每天都在加班，哪有时间再去找新的工作？

最让她生气的是同一个部门的小陶，两个人明明是平级，做着一样的工作，可是小陶每天一下班就准点走人，约会、看电影、逛街，样样不落，而且私下里打听，最近小陶又涨工资了。王欢私下好几次打听这小陶到底是不是哪位领导的亲戚，可得到的结果都是和她一样，普普通通且没有任何背景的员工而已。

她在群里不停地控诉领导、控诉小陶，直到有个朋友问她，为什么你这么忙还有时间在这里吐槽？加班两个小时里，我在群里看到了你一个多小时。

看到这样的质问，王欢心里一阵委屈，刚想要反驳，那位朋友又说：如果你们做的是同样的工作，而她又和你一样毫无背景，那你应该想一想为什么她在加薪而你在加班了。一定是你的工作方法出了问题。

人在委屈的时候很难听得进建议，王欢也是一样，原本只是想要找人同仇敌忾一下，结果反被数落，气得退了群，也没心思再工作，趴在桌上就哭了一场。

所幸的是，哭过后的王欢冷静下来，反思自己的工作态度，确实存在着不小的问题。自己工作的时候总是容易分心，群里一有动静她就想要去聊天，不仅如此，还经常粗心大意，一份数据要修改好几次。可是小陶工作的时候却是十分认真，做的数据也很少修改。最重要的是，她想起好几次领导问她和她工作相关的问题，她都答不出来，可是小陶却答得头头是道。那时候她还觉得小陶心机重，现在想想，虽然这些问题不在自己的工作范围内，但也是相关的，哪位领导不喜欢这样省心的员工呢？

除了工作方法，更要注重细节。细节决定成败，而细节就是做好每一件小事。在做之前，先思考，先计划。计划是为了预防变化，而多一套方案是为了解决变化。有些人工作起来只知道埋头苦干，交代什么就做什么，像是一台没有灵魂只知道执行任务的机器。

如何才算是把一件事计划好呢？

网上有一个流行的段子，我想可以充分说明一切：

员工A跑去问老板：我是否有过迟到、早退或违章乱纪的现象？如果没有，是否公司对我有偏见？否则为什么比我资历浅的人都可以得到重用，而我却一直在微不足道的岗位上？

老板没有立刻回答，而是让她稍等，先帮他处理一件事。事情很简单，有一个客户将到公司来考察产品的状况，让她先帮着联系一下，问问什么时间来。

过了一会儿，她便回答老板，已经联系过了，下周过来。老板问，具体是下周几？一行多少人？是坐火车还是坐飞机？员工A通通回答不上来，甚至觉得“您只让我问什么时候来，这些您也没让我问，为什么突然就问我”。

于是老板叫来了员工B，同样简单交代一句让她问客户什么时候来。

员工B回来时报告道：“他们是乘坐下周五下午3点的飞机，大概晚上6点到，一行5个人，由采购部经理带队，已经告知对方我司会派人到机场迎接。

“另外，他们计划考察的时间是2天，具体行程到了之后双方再行商榷。为了方便工作，我建议把他们安置在附近的国际酒店，如果您同意，房间我明天就提前预订。还有就是，下周天气预报有雨，我会随时和他们保持联系，一旦情况有变化，我会随时向您汇报。”

这便是员工A和员工B的区别。这也是为什么别人加了薪而你只能加班的原因。细节决定成败，凡事多想一分，多考虑一分，就会有不一样的结果。有人说，打工都是给老板赚钱，我们何必这么辛苦？拿着不高的工资却要思考这么多，得不偿失。

这样的人，实在是没有眼界，格局太小，只看到自己头上小小一方天。无论是为别人打工还是为自己的理想打拼，学习是永远不变的过程。每个岗位都有它存在的价值和意义，只要认真思考，学习到的远比拿到的薪水更丰厚。

只有当你能够独当一面甚至是无可取代时，你的价值才会随着提高，为你带来更好的收益和生活。

对别人说狠话，不如对自己下狠手

老陈最近很不开心。

那天在财务室领工资条的时候，无意间看到小李的工资，整整高出他一倍还要多。他走出财务室就心事重重，心里充斥着愤怒和不甘。

他到公司整整八年时间了，小李才来多久？更何况小李刚进公司的时候还是他带的，怎么工资就比他翻番了？他想不通，没敢直接问领导，只能憋着气，对谁都没有好脸色。

心中堵着这口气，工作也变得松懈起来。他心想自己来公司八年，这涨工资的速度简直比蜗牛爬的还慢。再看看其他老同学，早就做到了领导层，怎么就他混得这么惨？他最终总结了原因：一定是老板太抠门，自己又太老实，从不提加工资的事，要么就是自己太木讷，不像同事们那样懂得巴结、讨好领导。

老陈想，一定是这样，最后重重呸上一口：“只懂巴结的小人！”

没过多久，小李又升了职，老陈心里就更不舒服了。他觉得这背后一定有什么见不得人的利益勾搭，至少小李做出来的业绩在他看来不过是有了领导的增值才完成的，换成其他任何人都可以。这样的心态让老陈越来越不甘心，小李交代工作的时候他总是冷嘲热讽，拖沓工作进度。不仅如此，他还到处去编造小李的坏话，时间一久，连老陈都相信自己编造的那些故事，认定了小李就是个为了往上爬不择手段的小人。

一时间公司传得沸沸扬扬，又是小李是总经理的儿子所以才上升这么快，又是小李要迎娶总经理的女儿吃了软饭了，更有说小李拿着公司给的权力在外面拿回扣。事情很快引起了重视，公司专门调查了小李，结果发现传闻都是子虚乌有，特别是总经理分明只有一个6岁的儿子，哪有女儿可以嫁给小李？

最后查到了源头老陈这儿，他依旧坚持自己说的就是事实。最终老陈被公司解聘了，他还是坚持这里面一定有黑幕，而公司开除他不过是他斗不过那些人而已。

而这件事导致的结果便是老陈后来面试了好几家公司都没受聘，毕竟行内人都清楚了事情的经过，没有人敢要不团结、不和谐的员工。

生活中有很多类似老陈这样的人，总是抱怨不公平，抱怨自己的努力别人看不到，抱怨自己太老实所以总是被忽略，那些懂得往上爬的人，都是“会哭的孩子有奶喝”，他们懂得溜须拍马，懂得做一分说三分。

但老陈们忽视了别人的努力，他们选择看不见，一味相信自己的判断，不从自己身上找原因，所有的过错都是别人的。

这样的人着实可怕，他们对自己毫无计划，对公司毫无建树，一心只想着混日子拿工资，一旦别人职位比他们高，走得比他们远，他们又愤愤不平拿资历说话，怀疑有内情。可职场是一个极现实、残酷的地方，逆水行舟，不进则退，没有人可以躺在功劳簿上吃老本。你不进步，就会有人取代你的位置。

我记得电视剧《欢乐颂》里便有这样一段，小关帮别人做份文件结果出了错，但领导并不理会是谁出的错只管最后是谁签的名，当时小关问了大家的意见，最终她没有一直去解释、辩驳，而是将文件改好，然后写了一份检讨，将事情的原委说清楚，也检讨了自己的错误。还有一个情节是小关公司的一批实习生即将转正考核，公司录取的名额只有几个，同事觉得一名实习生和领导有关系，觉得她走了后门，于是集体去告状。在这件事上，小关选择了沉默，她没有理会，而是做好自己的本职工作，不出错，不搞小团体。最终，她为自己赢得了转正的机会。

靠着踩别人来赢得自己出彩的机会，也许会博得一时的眼球，但并不能成长。能够让我们稳定并且上升的关键，不是靠打压别人，而是靠自己不断增强的实力。

第三章

别埋头苦干，驴才原地拉着磨转

换一种思维，

与其为事前烦恼，

不如事前思考和计划。

为什么别人在加薪而你在加班

在职场上，加薪是对努力的回报和证明。

我们每天努力拼搏做好手头的每一项工作，为的不仅仅是得到表扬，更是努力赚取更多的回报来提高我们的生活水平。但是很多人每天努力地工作，甚至加班到很迟，最后加班的是自己，加薪的却是别人。

这里面会有很多的原因，例如老板原本就是一个抠门的人，全公司都在努力为公司盈利，但加薪的只有寥寥数人或者根本没有人加薪，那么这样的情况便可以考虑跳槽了。但如果老板或上司都没有问题，身边的同事也都有加薪的情况，而你却一直在原地踏步，就要从自身寻找原因并加以改正。

柳敏是职场新人，像很多的新人一样，入职第一天的茫然就冲散了被录取的喜悦。坐在办公桌前，手握着鼠标，根本不知道自己应该做些什么。偶尔接到别人交代过来的任务，便开心半天。刚入职时的无所事事远比后来的忙碌要可怕。

后来部门经理分了前辈带她，手中的活一下就多了起来。每一件事她都很用心地去做，但由于不得方法，每次都花费很多时间。

每天做不完便带回家，一边吃着泡面一边核对数据，辛苦了一个月，拿到手的工资交完房租水电所剩无几。咬着牙不向家里伸手，第二个月仍然是这种情况。她想着，只要转正就好了，转正便可以提工资。

三个月过去，她如愿转正了，可是工资却只加了一点点。看着工资条，她心中开始有了怨气。带她的前辈几乎把活都给她做了，每天前辈按点下班，她却加班到深夜，到头来辛苦干活的是自己，拿着高薪的却是别人。

她想，若是哪天自己不在，前辈一定会手忙脚乱，她也要让前辈尝尝那种加班到深夜的滋味。于是她故意以家中有事为由请了三天假，做了简短的交接之后便回去了。林敏休息的那三天，只要一想到前辈也像自己一样熬到半夜便开心极了。柳敏想，只有当前辈也尝到这样的辛苦才能体会她的劳动价值，才会想到要给她加工资这件事。

可是三天后，当柳敏回到公司时，她想象中顶着黑眼圈且一脸感激的前辈并没有出现。前辈就如同往常一样交代她工作，一切都没有变化，就好像她在与不在，都没有什么区别。柳敏悄悄问了其他的同事，前辈是不是这几天都在加班，同事说并没有，还和往常一样正常上班正常下班。

柳敏很是不解。工作并没有堆积起来等柳敏回来再做，那么前辈另找帮手了？无论如何，没有存在感的失落，让柳敏心中十分不好受。似乎是发觉了柳敏的失落，前辈约她喝咖啡，明确且不留情面地点出了柳敏的不足。

“你工作的时候并不思考，我交代什么你就做什么，这是第一点，你没有经验可以理解，但不主动、不积极就是你自身的问题。第二点，你的工作方法有问题却从来没有自我检讨过。为什么别的实习生很少像你这样加班到深夜？是我给你的任务太多吗？并不是，是你自己用了最笨的方法。我看过你同样一项工作做了三次依旧像没做过一样，做事不过脑，每一次都要去查资料，就注定你的工作效率不会高。”

前辈说得柳敏有些不服气，但又无法反驳。

“是不是觉得自己的工资太低，觉得不公平？其实很多新人都这样，只有当你有价值的时候公司才会给你回报，但你并没有认清自己的价值。你每天重复着同样的工作，有没有想过学习其他的？你和别人比优势在哪里？如果你只是一个像机器人一样服从指令的员工，公司为什么要给你加工资？”

“可我哪有时间……”

“所以，这就回到了前面的话。要提升自我价值也要学会怎么工作。当你的效率提高时，你才有时间去做别的事。如果你连最基本的工作都要忙到深夜，就算有其他的机会你有时间去做吗？”

一番话如同当头棒喝，让柳敏醒悟过来。

我刚入职场的时候也和柳敏一样，开始的空闲让人无所适从，后来的忙碌又让人心生不平，总觉得付出和回报并不相等，太不公平。那时候的我也不懂得从自身找问题，一味埋怨。如果柳敏没有遇到愿意和她谈心的前辈，那么她会在这样的抱怨中迷失很久。并不是每个人都会有一个很好的前辈带着入手，俗话说，师傅领进门，修行靠个人。在职场中，我们要懂得“偷师”，通过取长补短来提升自己的价值。

毕竟，抱怨不会让你得到更多，反而会蒙住你的双眼，让你认不清自己本身存在的问题。除却工作方法之外，学会相处也十分重要。公司是由一个个部门组建而成的，部门由团队构建而成，这个团队里的每个人既是竞争的关系又是合作的关系，如果把握不好自己的位置，便会成为众矢之的。

毕竟，没有谁是不可取代的。

程经理是个人才，这点谁都无法否认。可无论是在工作还是平常生活中，他总是带着命令式的口吻和别人说话，就连周末的集体活动也从来都是他一个人做决定，从不过问其他人的意见。

久而久之，手下的人便心生不服。平时工作中你对我命令也就算了，员工完成本职工作下班之后，还被他理直气壮地要求为他私人服务，这让人太不舒服了。毕竟，大家都只拿了公司给的工资，又不是程经理的私人助理。

有一次程经理购置了新房，在工作一天之后他要求大家为他去打扫房间。大部分人因为他平日里严格的作风只能忍着不满同意了，但小强爆发了。在办公室里，小强直接站了起来对着程经理说：“这是您私人的事情，要么您自己去完成，要么您请小时工去完成。我们谁也没有领您的薪水，更不是您的用人，请您不要再这么理所当然地指使我们。”

程经理头一次这样被人顶撞，而且还当着整个部门的人，脸色十分难看：“我让你帮我做点事怎么了？如果你不去的话，明天就不要来上班了，公司也不是缺你不可！”

听了这话，小强二话没说直接推开门走向总经理的办公室，他问总经理，公司是否有明文规定不去为部门经理打扫房间就要被开除。一头雾水的总经理根本不知发生了什么。最后事情闹大了，总经理进行了调查，对部门每一个员工进行询问，才知道原来每个人心中对程经理都有各种不满意。

最终，总经理虽然不舍，还是将程经理辞退了。原因是不仅仅本部门的人对他进行了控诉，就连其他部门的人也都纷纷投诉他平日工作中不合作、不配合，搞个人英雄主义。

每个公司都喜欢人才，他们会为公司谋取更大的利益。但公司毕竟是一个团体，如果只顾自己，那么势必会被反扑。

我们总说，人与人之间是平等的。哪怕是在同一家公司，职位比别人高的也不等于在生活中就高人一等。毕竟，职位不同只代表着薪资不同、所负责的事情不同。团队，最重要的是协作，一个人的能力再强也无法完成整个团体的工作量。不仅仅是故事中的程经理，还有很多公司普通的员工也是如此。要求别人做事时多一张笑脸、多一句谢谢，都会令人心生温暖。一个和谐共进的团队，才是一家公司真正需要的团队。

勇敢面对，你会发现承担比推卸容易得多

小的时候我丢失了妈妈新给我买的发卡，由于害怕被责骂，在外面找了很久也不敢回家。一直到天黑了，妈妈出来找我，问清了原由，才知道我竟是因为一个小小的发卡不敢回家，至今提起这件事来妈妈还能笑半天。

但对于那时候的我来说，丢失发卡是一件天大的事，我没有想到我只需要回家坦白说一句便会没事。

长大后会发现，很多人推卸责任便是因为不敢面对别人的指责或失望的眼神，在没有面对之前将结果想象得太过可怕，于是更不敢去面对，然后成为一个死循环。承担责任就是敢于面对自己犯下的错。一个敢于面对自己过失的人，在生活中必定是一个积极乐观的人，他们擅长的不是找借口而是解决事情。

但总会有那么一次，我们发现其实勇敢去面对、承担，远远比逃避、推卸容易得多。

那些想象中的画面，只是自己的假想，勇敢面对一次之后便

会发现，把逃避、推卸的时间用来寻找方法，事情不仅会得到解决，整个人也会比推卸时轻松许多。更何况，勇于承担还能锻炼我们面对失误时补救的反应能力。

小王、小李、小张三个人同时负责一个项目，但是由于采购出现了问题，应该到的零件没有到达，无法完成组装。眼看着交样的时间就要到了，三个人急得相互责备、埋怨。一个整机哪怕只是缺少一个螺丝也无法完成，眼下三个人为了这小小的螺丝争得面红耳赤，最后到了日期也没能完成样品。

客户责问的时候，小张接听了几句便将电话转给了小李，小李听了几句觉得并不是自己的责任又转给了小王。客户像是皮球一样被踢来踢去，最终也没能拿到一个解决的方案，一气之下将电话打给了老总："贵公司的员工只会推卸责任，却没有一个可以解决问题的吗？"

客户说，错过了交样时间他可以原谅，但连一个解决方案都没有的公司，他没有办法信任并与其合作。这笔订单就这样错失在他们三个人的手中。一怒之下，老总将这三个人都辞退了。

三个和尚的故事我们都听过。一个和尚因为要生存所以无法选择，他只能下山挑水解决自己的喝水问题。两个和尚可以合作，所以也没有争执。但是三个和尚时便出现了"公平"与"不公平"事件，谁也不愿意多挑一次，也没有人愿意出解决的方案，只想着为自己争取多一点的利益，最终也只能"没水喝"。

如果王、李、张三人，在缺少零件的第一时间就打电话给客户说明情况，并积极去寻找零件，完成组样，那么也不会出现故事中的结局。

一个被下属的借口搞得不胜其烦的经理在办公室贴了这样一个标语："这里是无借口区"他宣布，九月是"无借口月"，并告诉所有人："在本月我们只解决问题，我们不找借口。"

这时，一个顾客打来电话抱怨该送的货迟到了，物流经理说："的确如此，货迟了。下次再也不会发生了。"随后他安抚顾客，并承诺补偿。挂断电话后，他说自己本来准备向顾客解释迟到的原因，但想到9月是"无借口月"，也就没有找理由。

后来这位顾客向公司总裁写了一封信，评价了在解决问题时他得到的出色服务。他说没有听到千篇一律的托词令他感到意外和新鲜，他赞赏公司的无借口运动是一个伟大的运动。

面对有时候并不是那么难，主动承担责任并积极解决问题，是负责的一种表现。人无完人，没有人会不犯错误，错误也并非那么可怕。可怕的是犯了错误之后逃避的态度，可怕的是在消极、恐惧中度过的时光。

而如果只是一味地推卸，让事件错过了最佳的解决时间，最终尝到恶果的也是自己。相反，如果勇敢面对、积极解决，不仅会让自己在这个过程中学会规避错误的方法，还能锻炼自己的应变能力，更可以让领导清楚地看到你的能力。

所以，“责任”二字也就变得十分重要。

1920 年，一个 12 岁的美国小男孩和小伙伴踢足球时，不小心将足球踢到邻居的窗户上，将一块玻璃打碎了。一位老人立刻从屋里出来，勃然大怒地责问是谁干的。小伙伴们纷纷逃走，小男孩却走到老人面前，低着头向老人认错，并请求老人的原谅。老人要求他赔偿，并同意让小男孩回家拿钱。

回到家中，小男孩将事情经过告诉了父亲。父亲并没有因为其年龄还小就维护他，反而板着脸一言不发，坐在一旁的母亲为儿子开脱，父亲冷冰冰地说道：“家中虽然有钱，但祸是自己闯的，就应该由他对自己的行为负责任。”

父亲给了男孩 15 美元，并严肃地对男孩说：“这 15 美元是我借给你赔偿给别人的，你要想办法还给我。”小男孩从父亲手中接过了钱，飞快地跑去赔偿给老人家。

从那之后，小男孩一边刻苦地读书，一边用空闲的时间打工挣钱来还给父亲。由于太小，不能干重活，他便到餐馆里帮别人洗碗，有时候还捡破烂。经过半年的努力，他终于挣够了 15 美元，还给了父亲。

父亲欣慰地拍着他的肩膀说：“一个能为自己的过失负责的人，将来一定会有出息的。”

许多年后，这个小男孩成为美国总统，他就是里根。多年后，他回忆起往事时深有感触地说：“那一次闯祸之后，我懂得了什么是责任。”

那个年代的15美元对于小男孩来说简直就是天文数字，但他的父亲并没有因为他的年龄而原谅他的过失。在无力解决的情况下，他求助了父亲，但事件并没有因此结束，他用自己的努力还了父亲这15美元。

一个能为自己过失负责的人，将来在成长的道路上再遇到什么难题和错误，都不会选择逃避，因为补救下自己所犯的错也是值得骄傲的。

所以，勇敢面对自己所犯的错误并积极地去弥补它吧！

认清自己，比认清世界更重要

这世界上离自己最近的是谁？是父母？是爱人？还是亲密无间的知己？从小到大，我们在不断认识这个世界，不断认识新的人，有人走进你的世界，也有人离开你的世界，相互了解或变得陌生，但很少有人静下心来认识一下自己。

在网上看到一则小故事：

古刹里新来了一个小和尚，他积极主动地去见方丈，殷勤诚恳地说：“我初来乍到，先干些什么呢？请方丈指教。”方丈微微一笑，对小和尚说：“你先认识和熟悉一下寺里的众僧吧。”第二天，小和尚又来见方丈，殷勤诚恳地说：“寺里的众僧我都认识了，下边该去干些什么呢？”方丈微微一笑，洞明睿智地说：“肯定还有遗漏，接着去了解、去认识吧。”三天过后，小和尚再次来见方丈，蛮有把握地说：“寺里的所有僧侣我都认识了。”方丈微微一笑，因势利导地说：“还有一人，你没认识，而且这个人对你特别重要。”小和尚满腹狐疑地走出方丈的禅房，一个人一个人地寻问着，一间屋一间屋地寻找着。在阳光里，在月光下，他一遍一遍地琢磨，一遍一遍地寻思着。不知过了多少天，一头雾水的小和尚，在一口水井里忽然看到自己的身影，他顿悟了，赶忙跑去见老方丈……

古希腊的作者在太阳神阿波罗的神庙门上留下了这样的警训：“人啊，认识你自己！”

认清自己有多重要呢？

认不清自己，导致的结果就是活不明白。不知自己的优势所在，不明自己的缺点所在，不知自己为何要这样活着，不知自己究竟想要一些什么，更不知哪些事情适合自己，哪些不适合自己。

有一则寓言，说是森林里要举行运动会，比赛的项目有赛跑、飞行、爬树和游泳，动物们纷纷报名参加。狐狸也来了，它觉得自己无所不能，要求参加所有的项目。

最先进行的是赛跑，兔子一下就蹿了出去，到达终点的时候，狐狸还在半道上气喘吁吁。然后是飞行比赛，燕子、鸽子一转眼就飞得没影了，狐狸扑腾了半天也只弹起了几米就摔落下来。爬树比赛，狐狸又输给了猴子，还差点在游泳比赛中淹死。

这则寓言看似搞笑，其实蕴含的道理正说明了认清自己的重要性。就如同一个路盲当司机非不用导航，一个对数字不敏感的人非要当会计，一个对美食无感的人非要当美食家，等等。

我认识这样一个姑娘，在我当编辑之后，她经由亲友介绍认识了我。她说她很喜欢文字，也喜欢阅读，希望可以出版自己的作品。她将自己多年来的作品一股脑儿发给了我，十分客气地请我指教。

我阅读过她的作品之后，便知道她的文字不适合出版。她的文字空有华丽却没有故事，用辞藻堆砌起来的语言虽然看上去很美，却空洞无物。特别是故事零乱没有逻辑，看得实在令人头疼。我将这些缺点告诉她之后，她很是不服："开头也许并不好看，但是后面很精彩。你只看了个开头就把稿件打回来了，根本就没认真读吧？"

很多新作者也会有这样的言论，开头是很平常，但后面很精彩呀。可是如若不能做到开头便引人入胜，后面的精彩也很难被挖掘出来。更何况我完整地看完她的稿件，前后逻辑混乱，作者思路不清导致人物个性前后矛盾。

后来听说她又写了好久，可是每次都失败。最后竟抄袭别人的作品，在得到欣赏之后很快被扒皮，之后便再也没有听到她写文的故事。好久之后，她又联系上了我，说当初很是傲气，后来才知道写文并不是她想象中那样简单，以为只需要将一个故事写出来就可以了。我委婉地问她是否还在写作，她摇头说没有了，改为画漫画了。

我曾看过她的漫画作品，有着自己独特的画风，很新颖，也很出彩，她将身边好玩的事情画了下来，在网上发表，非常受欢迎。如今，她即将出版自己的第一本漫画作品，特别感激当初自己的放弃和如今的坚持。

有天赋而不知，便会浪费。

没有天赋纯靠后天努力也并非不能成功，但会难太多，需要花比别人更多的精力和时间去学习。

就像我，小时候的梦想是成为一名优秀的画家。特别羡慕别人可以坐于石上，一手拿着画板，一手拿着画笔，对着远方眺望后便可以将景跃于纸上。为了这一梦想，在很小的时候我就请求母亲让我去少年宫学画画，可是在一周之后，老师委婉地问我是否真的很喜欢画画，要不试着去学学写作或者钢琴。

是的，我被老师放弃了。我没有这方面的天赋，实在是对画画太过迟钝，至今仍是如此。无论是在网上学习还是专门请老师来教，我总是学不会线条应当如何组合，连最简单的小构图，我练了无数遍之后，依旧要对着原画进行临摹，更别提自己独立构图。脑海中连基础构图的概念都没有，何谈将它现于纸上？

我不敢说没有天赋的人便一定不会成功，但至少我很感激当初少年宫的老师，熄灭了我对画画的热情，那真的并非我所长。

这便是认清自己。有时候我们需要跳出自己来看自己，都说对手是最了解自己的人，有时不妨站在自己的对立面审视自身的不足，发掘自身的优势，这样才能少走弯路。每个人所拥有的能力不同，不要浪费自己的天赋，更不要浪费时间在自己完全没有能力完成的事上。

认清自己，有时候比认清世界重要得多。

学习所积累的能量，是筑成梦想的每一块基石

微信上有一个很火的小程序叫《脑强王者》，我和先生有一段时间非常沉迷于对抗模式，一有时间两个人就开始PK，看看谁的知识点更全。有时候我常常会被先生惊到，一些我从未碰过的题类，他居然可以飞快地答出。通常我是不服的，总觉得他不过是碰巧知道。后来次数多了，我便问他到底是怎么知道的，他笑着说，是玩游戏的时候知道的。

现在很多游戏都会有答题时间，里面也常常会有一些奇怪的题目。就如我最近在玩的一款游戏，里面有一题便是《红楼梦》

中丫鬟香菱最喜爱的诗出自谁之手，我一下就可以答出是陆游。那是因为我喜欢《红楼梦》，但若没看过的人，恐怕连香菱是谁也不知道。

知识的累积总是在不自知的情况下进行的，在某一天突然遇到问题时，脑海中自然就浮现了答案。这种学习便是平常的一种积累，也说明了学习没有局限性，我们无论在哪里都可以学到新的知识。

三个工人在砌墙。有人过来问："你们在干什么？"

第一个没好气地说："没看见吗？砌墙。"

第二个抬头笑了笑，说："我们在盖一幢高楼。"

第三个边干边哼着歌曲，他的笑容很灿烂："我们正在建设一个新城市。"

十年后，第一个人在另一个工地上砌墙；第二个人坐在办公室中画图纸，他成了工程师；第三个人呢，成了前两个人的老板。

这则小故事看似与学习无关，但恰能说明问题所在。

细读之下，我们可以发现，一个人的心态决定了他在什么样的位置、做着什么样的工作。

三个同样是砌墙的工人，对自己的期许不同，做事时的态度也会不同。

只顾埋头砌墙的人，最终只是一名砌墙的工人；想要盖一幢高楼的人，他除了学会砌墙，还会去学习大楼的构造原理，学习别人的设计理念和想法，然后衍生出自己的设计；而想要建设一个新城市的人，眼界更宽，野心更大，他所要学习的东西比前两者要多得多。

我们通常都说，我想要做什么，但不能仅仅是想。就如同故事里的三个人，如果都只是想，最终那两个人不会有那样的成就。当有了更远大的抱负时，主动学习才是实现梦想的阶梯。

有人会说，我现在所在的地方根本没有东西可以学。

其实每一个位置，都有我们可以学习的东西。就如同公司最平凡的职位——前台，可以学到的绝不仅仅是接听电话、收发快递。学习待人处事、学会观察、学习工作态度等等，在哪个位置上不重要，重要的是学会在不同的地方学到更多的本领。就像前文提到的贝特格，他原本只是一名清洁工，没有专业的老师教导他，但是他经过自己的努力成了一名顶级的技师。可见在哪里不重要，怎样创造条件学会更多的东西，才是最重要的。

学习是一件永远没有尽头的事，学习所积累的能量就是通往梦想的每一块基石。哪怕有一天我们抵达梦想的彼岸，也不能就此停步，否则就会被社会淘汰。

我的好友小丽酷爱宠物，她的梦想就是有一家属于自己的宠物店。我们一直觉得小丽若是想开一家宠物店简直太容易了，毕竟她有着不错的家庭条件，而她自己也有着不少的存款，至少将宠物店开起来是完全不成问题的。

令人吃惊的是，她花了整整3年的时间才将宠物店开起来。当我们了解了她都准备了些什么时，才明白为什么她需要花这么长的时间。

除了宠物日常护理，她需要将不同品种的宠物的习惯、喜好、个性了解清楚，还需要了解它们本身有哪些需要注意护理的地方。不仅如此，还要学习如何喂养、训导以及看护。证书到手之后她也没有马上着手开店，而是先去了解周边宠物店的运营情况。

直到觉得自己有足够的能力时，她才将宠物店开起来。

有朋友觉得其实小丽根本无需这么辛苦，像她这么有钱没必要去学那么多东西，只需要将店交给别人打理就好了。

可是对于小丽而言，自己的梦想便是这家店，那么如何经营好这家店就是她所需要学习的。

如果一切都靠钱去买的话，那样的梦想实现后就会失去意义。

开店之后小丽变得更加忙碌，不仅白天在店里忙，晚上也泡在书中，她查看案例，和同行交流学习，可是她脸上的笑容却更多了。

我问她，这样忙碌的生活真的很开心吗?

小丽说这是她的梦想，她很开心，因为她的每一天虽然过得十分忙碌辛苦，但非常充实，这是多少钱都买不到的美好体验。

从前我们很多小伙伴的梦想都是开一家咖啡店、一家文艺幽静又有质感的咖啡店。

我们总是将事情想得这样简单，以为只要存够本钱就可以将店开起来，其他似乎都不重要。长大之后才明白现实有多残酷，想要开一家咖啡店需要的不仅仅是本钱，还需要了解咖啡、需要了解宣传、需要知道如何招待客人，这些都是我们之前不曾想到过的问题。

我曾经在公司门口认识的小服务员，后来就自己开了一家咖啡店，经营得有声有色，附近写字楼的白领都愿意来她这里喝咖啡。

有一次闲聊，我们问她成功的秘诀，她告诉我们其实很简单，她曾经做过服务员、宣传、帮厨，甚至还做过修理水管的工作。她每天晚上下班后都花时间去研究各类咖啡的味道，她还拥有自己的公众号，上面有着几千个小白领每天都在探讨着开怎样一家咖啡店是心中所喜的。

她曾经也抱怨过为什么自己只能做这些工作，后来她反而想通了，无论做哪一项工作，就要在当下做好，因为不知道未来哪个时间会派上用场。而她做过的所有工作，都是她通往自己梦想的基石，基石越牢固，梦想就越近。

试着换一种思路，当没有更多选择时就静下心做好当下的事，潜心学习。在机会到来的时候，不要犹豫，用力地抓住它！

废弃品也有它存在的价值

每个人存在于世都有他自身的价值，哪怕是无赖式的懒惰者也拥有“反面教材”的价值，我们看到这样一事无成的人便会引以为戒。而我们所犯的每一个错误，亦是如此。

《这个杀手不太冷》里的玛蒂尔达问里昂：“人生总是这样痛苦吗？还是只有小时候？”里昂答：“总是如此。”

我们没有生活在电影里的那个时代，也不必经受小女孩所经历的痛苦，但无论是成长时代的我们还是已经长大的我们，都会遇到各式各样的难题。人生的挫折从来都不是只发生在年轻时。很多人喜欢用一件事的成败来决定他人的价值，甚至有些人也习惯用这样的标准来决定自我价值，于是在受挫、犯错、失败后，习惯性地否定自己。

莱莱是个漂亮的小姑娘，但不知为何总是没有自信，做任何事之前的第一句话便是：“我可能不行，我觉得我做不好。”

这样的个性导致最直接的结果就是，她真的做不好任何事。连最简单的复印，只要多印几份她就会弄错数字。我们一致觉得这是她不用心的结果，在大部分人眼中，这么简单的事情稍稍用点心，怎么可能会出错呢？

后来，她交了一个男朋友，对方长相一般，条件也一般，最重要的是对她也一般。正是这“一般”的态度，让莱莱更加不安，她时时刻刻总是担心自己做错什么会惹得他不开心，连一天不见，最普通的一句“你在干吗”她都要斟酌半天才敢发出。对方稍有一些不开心，她就会找我们将这几天发生的事情还原一遍，仔细回忆自己是不是哪一句话、哪个举动惹得他不开心了。

后来我们才知道，她的前男友总是抱怨她做得不够好，将她和许多人进行对比，然后将她贬得一无是处。而她的家庭又是属于不擅长表达的家庭，每次她犯点错母亲便以“你怎么连这点事都做不好，猪都比你聪明”式的言论对她谩骂。时间一久，她变得十分没有自信，有时候甚至不知道自己活着的意义到底是什么。

她害怕失去，所以更加战战兢兢。但是无论在工作还是恋情中，如果连自己都否定了自己的价值，又怎么让别人来肯定你呢?

诗仙李白在《将进酒》中挥墨：“天生我材必有用，千金散尽还复来。”这样的豪情本应值得我们学习。这个世界上任何事物的存在，都有它本身的价值，我们不应该轻视任何一个物品或是任何一个生命，更不应该轻视自己。

在一次讨论会上，一位著名的演说家没讲一句开场白，手里高举着一张20美元的钞票，面对会议室里的200人，问道：“谁要这20美元？”一只只手举了起来，他接着说道，“我打算把这20美元送给你们其中一位，但在这之前请准许我做一件事。”他说着，将钞票揉成一团，然后问，“谁还要？”仍然有人举起手来。

他将钞票扔到地上，又踏上了一只脚，并用脚碾压它。而后，他拾起又脏又皱的钞票问：“如果我这样做，还有谁要？”

依旧有人举起手来。

“朋友们，你们已经上了一堂很有意义的课。无论我如何对待这张钞票，你们还是想要它。因为它并没有贬值，它依旧是20美元。人生路上，我们会无数次被自己的决定或碰到的逆境击倒，被欺凌得粉身碎骨，这让我们觉得自己一文不值。但无论发生了什么，或将要发生什么，在上帝的眼中，你们永远不会丧失价值。”

物品或人的价值，不会因为一次失败或者老旧就贬值。价值的衡量不应该是由时间来决定，而是由深度来决定。我们自身的价值更是如此。

我记得很早之前看过一部电影，名字叫《高兴》。电影讲述的是一个叫刘高兴的“破烂王”的故事。他是陕西偏远地区的农民，但胸怀大志、不甘平庸。他有一个梦想，用自己的双手制造一架飞机，在蓝天上遨游。带着这个伟大又遥远的梦想，他和兄弟五福来到了省城西安，在被同乡收留后开始收破烂。

“破烂王”的称呼由此而来。

电影中，五福刚开始喊不出“收破烂”这几个字，总觉得羞于启齿。是刘高兴带着他，大大方方喊了出来。他要生存，就必须喊出这几个字；他靠自己的双手生存，就不必为这几个字而羞耻。

后来，高兴借着收破烂的机会，收集着造飞机的材料。经历失败、被人拆台等等曲折，最终他还是制造完成了一架简易的飞机，他真的实现了自己的飞翔梦。

瞧，哪怕是破烂也有它存在的价值，只是在不同的人手中它便是不同的东西。就如同在电影里高兴的手中，它们就是一堆能够组装飞机的零件。

如果你曾遇到挫折，不要就此气馁。人生的路那么长，谁不是经历过风风雨雨才练就一颗处变不惊的心？所有的成就或者说成功，靠的不仅仅是努力、天分和严谨，它还需要运气的成分。而我们所能掌握的便是做好最全的准备，尽自己所能去完成。不要过早去判断自己的天分和价值，因为某一件事的成败决定不了你一生的价值。

否定自己的人，注定是一事无成的。

只有认清自己并且相信自己的人，才能够有化腐朽为神奇的力量。

第四章

走完所有失败的路，你还怕不会成功吗？

失败是什么？没什么！

只是离成功更近了一步。

成功是什么？

是走完所有通往失败的路后，

所剩下的那条路。

失败是什么？失败是成功之母

成功有时候就像是小孩蹒跚学步一般，总是要跌跌撞撞之后才能够完成。期间的跌跌撞撞，就如同我们成长中遇到的各种挫折、失败，只有不断地尝试才能够到达我们的目的地。

走过最黑暗的一段路，迎来的就是黎明。而我们，只有真正走过了这段黑暗之路，才能体会黎明有多美，就如同雨后的彩虹。

年轻的时候我们总是害怕失败，哪怕有再多名人的例子为证，经过了失败才能抵达成功，但我们依旧害怕，那是对未知的恐慌。可是，换一种思路，害怕能够改变什么吗？不能！如果害怕不能改变什么，不如将这种担忧换成一种动力，做坏的准备，尽最大的努力。哪怕这一次依旧失败，只要从中吸取了失败的教训，以后规避同类错误，那么离成功不是又近了一步吗？

失败是什么？是成功之母！

我们都明白其中的道理，可是依旧会在失败的时候沮丧，这没什么大不了。人生来就有各种情绪，胜利时的喜悦、成功时的骄傲、失恋时的伤心、失败时的难过……这些情绪都无需控制，喜悦过后想想如何将未来的路走得更好；骄傲过后保持低调谦虚；

伤心过后努力好起来再一次勇敢去爱；难过后总结经验，整装再出发。哪怕我们拥有一颗千锤百炼的心，也不要遗忘最初的感动。始终保持初心，不肆无忌惮，也不妄自菲薄。

小露最近迷上了烘焙，开始在家里自己学着做蛋糕。购买好了全部的工具之后，她满怀期待地开始了。

网上说，戚风蛋糕是入门者必学的，她便从这个开始。她按照别人的菜谱一步一步地完成，可是最后出来的成品却不成模样。看着丑陋的蛋糕，她失落极了，明明每一步都是按照菜谱来的，可是为什么最后出来的成品却和别人不一样？而且在菜谱下面的留言，全都是说“方子很好，做得很成功”。看着别人做出来的成品，小露不服气，在短暂的失落过后又重整旗鼓。

她开始寻找自己失败的原因，发觉原来做蛋糕和我们中国的面点不一样，需要精准的操作，而且自己最初嫌麻烦，把面粉过筛这一步给跳过了。找到这些原因后，她又明朗起来：这一次，一定会成功！

可是，网上传言的戚风蛋糕等于“气疯蛋糕”并不是没有道理的，一个简简单单的蛋糕就是能够做出千奇百怪的模样，将人气疯！

在尝试了好几次之后，小露气馁了。

她做出来的蛋糕永远不会是精致的，甚至做成了蛋饼。她看着狼藉的厨房，气得想将这些工具全部扔出窗外。过了一段时间之后，这些工具被都收纳起来，因为一个蛋糕的失败，她对烘焙也失去了信心和兴趣。

人生有时候就像做蛋糕，总要经历过很多次失败才能总结自己失误所在，然后才能成功做出第一个自己亲手完成的蛋糕。

如果小露再坚持几次，也许她会发现蛋液不能用搅拌的，因为会“消泡”；不能放在顶层，因为容易焦；在烤好之后需要先用牙签试试中间是否熟了，否则容易夹生；在做好之后要立刻倒放在网架上。这些细节，她有时候做了这个忘了那个，所以她永远做不出一个像模像样的蛋糕。

我们的生活亦是如此，无论是大到科研项目还是小到一份报告，只有在尝试中才能知道哪些是对哪些是错，更何况没有经历过错哪里知道对呢？

这就需要坚持，只有坚持才能胜利。很多人往往在即将成功的时候少了再坚持一下的勇气，将前面所有的准备、努力全都浪费了。

华罗庚初中毕业后，曾入上海中华职业学校就读，因学费高昂而中途退学，故一生只有初中文凭。但他退学之后，开始顽强自学，用了五年的时间自学了高中和大学低年级的全部数学课程。1928 年，他不幸染上了伤寒病，靠着妻子的照料才得以挽回生命，但左腿残疾了。这些都没有让他放弃，经过不懈努力，他最终成为一名伟大的数学家。

南北朝时期的数学家，天文学家祖冲之，在当时极其简陋的条件下，靠着一片片小竹片进行大量复杂的计算，一遍又一遍，历经无数次失败之后，终于将圆周率精确到了小数点后七位。

孙膑因庞涓谋害被挖去了膝盖骨，在经历断腿之痛后他不是无尽沮丧、抱怨不公，而是顽强崛起，成为著名的军事家。

司马迁经受宫刑和牢狱之灾的磨难后，没有自暴自弃，写出了名垂千古的《史记》。

还有众多名人的例子，都在告诉我们无论在怎样恶劣的环境下，遭受过怎样的磨难、不公和失败，都要怀揣一颗坚定的心去完成自己的梦想。

也许有人会说，他们都是名人，已经成功了才会为人所知，还有很多人坚持了也失败了，而正是因为失败才无名，不为人知。

且不说这样的想法是否正确，但确实存在，只是我们要学会正面看待事物，以平常心面对失败。

这些名人和我们有什么不同吗？他们在成名之前也是无名小辈，也是一个平凡不起眼的人。但他们拥有更加坚毅的心，去战胜生活给予的一切磨难。何况失败者并不可耻，就如同沙场上的战士，战败并不可耻，可耻的是逃兵。我们有多少人，一直在当着自己的战场上的逃兵？

若是一味抱着“看，那个人坚持了那么久还是失败了，我也不用去尝试了”的心态，那么注定不会成功。

可若是愿意放手一搏，至少踏出了第一步，成功也未必不可能。

毕竟，所有的名人在成功之前如我们一般，都只是平凡人。

没经历过失败的人，永远无法理解如何成功

我们都羡慕成功，但我觉得更应该学会感谢失败。

小的时候我们做错了事，被母亲责备，于是知道了何为错，要改正。上学的时候我们做错了题，被老师指正，于是我们知道了正确答案。长大后我们初入社会，工作时犯了错被领导教导，才知道下次应该如何去做。

我们被教导得太严格，不敢给自己犯错的机会，可谁不犯错呢？我们不应该放纵错误，也不应该苛责失误。

只有正确面对，才能够明白失败也是一种经验的累积。

成功的背后总是连接着失败，当我们看到别人成功风光的一面时，也要看到他背后的挣扎、彷徨、痛苦和无奈。做好准备，想一想自己是否有勇气去承受失败。就像是永远待在房间里的人，他不想出门，害怕路上会遇到未知的危险，于是他享受着室内的舒适，但不迈开双腿，永远到不了远方，看不到窗外其他更美的风景。

收起行囊，不要总是当一名看客。

看别人云起或云落，看别人风光或失败。

只有自己也迈出这一步，才能体会其中的各种滋味，才能体验人生更多的可能、更精彩的画面。

如果还未开始就想着失败的可能性而退缩，那么这样的人永远都享受不了成功的喜悦和满足感。时间一久，便会形成习惯性的逃避心态，无论遇到什么事都条件反射地觉得自己不行，最终后悔自己如果当初勇敢一次，是不是会有不一样的结局。

可人的一生如此短暂，不要总让自己在悔恨当中度过，毕竟每一个选择到最后都只能由自己去承担结果。

有一个小男孩，几乎所有认识他的人，都认为他是一个智力低下的学生。

即使到了中学八年级，他的各门主课仍然没有起色：代数、英文全不及格，物理竟然考了0分！小男孩设法进了学校的高尔夫球队，但在本学年最重要的一次高尔夫比赛中，球队却因为他的失误输掉了，小男孩被队友指责，倍感凄凉。

他觉得同学们不只是不喜欢他，而且似乎从来就没有注意到他，就是在大厅里遇到他，对他说声“Hello”都极为罕见。

幸运的是，在这些挫败之外，小男孩还有一样别人所没有的技能：他酷爱的绘画。

尽管在中学期间，他提供给年鉴的漫画全被拒用了，但小男孩依然坚信自己的艺术天赋，哪怕所有人都不肯承认他，但是至少他还不想放弃自己。

他告别学校，大胆来到迪斯尼工作室，向他们递交了自己的绘画作品。

“我很希望我能留在这里。”他说。

迪斯尼工作室有关人员非常欣赏他的作品，当场就决定聘用他。但后来，因为一些缘故，他的作品再次遭到了残酷的拒绝，他捧着自己的作品站在迪斯尼工作室的门外，紧咬牙关，这一次，哪怕被拒绝，他也不愿放弃。

他回到自己的小屋，想着自己一路走来的挫败，决定用卡通的方式将它们记录下来，用一幅幅画作来记述自己的遭遇——

一个在所有人眼中的失败者和一无所成者。然而结果却永远比未知来得更让人匪夷所思。当他不再一心追求别人的认可和成功的时候，他得到了全世界的欢呼和赞美。

这个小男孩名叫查尔斯·舒尔茨，后来他画的史努比风靡世界，从而成为史努比永远的父亲。

很多人都和查尔斯一样，从小成绩平平，甚至不如查尔斯这样的差等生起眼，不是尖子生，也不是差等生，普通得有时候都让人记不起来。可是成绩有时候不代表一切，某个领域的不精通也不代表人生的失败，我们要学会寻找自身的天赋，再用这个天赋去寻找一个属于自己的舞台。哪怕最后不能够扬名世界，至少可以有属于自己的精彩。

我们看名人的故事，然后感叹自己太过渺小，觉得永远也无法成为他们那样的人。

如果思维一开始便局限于此，那么最后必定失败。但若是一开始就抱着一颗想要成功的心，那么这个人一定会排除万难，让自己获得胜利的。

小骆家庭贫寒，母亲瘫痪在床，全家仅靠父亲在工地上打工维持生活。中学毕业之后就出去打工贴补家用。洗碗工、服务员、保洁员、保安他都做过，只为了能多赚一点钱给弟弟上学，减轻家中父母的负担。他做出这样的决定，是因为弟弟的成绩很优秀，而他对学习完全不感兴趣。他也曾努力过，可是成绩总是上不去，干脆放弃，将上学的机会让给弟弟。

出来几年之后，他的工资并没有提高多少。但是在眼见了城市的繁华之后，他的心态也开始发生了变化。他想要赚钱，让自己也让家人享受到别人拥有的生活。在他做保安的时候，工厂迎来外国的合作方，可是那家小小的工厂没有人能完全用英语去交谈，最后只能从外面专门请来一个翻译。小骆就是从别人闲聊的时候，无意得知翻译只工作短短两天时间，薪资竟然这么高！他马上上网去查了一下，那上面的数字是他从来都不敢想的。

小骆决定学外语，为了赚到更多的钱。是的，为了赚到更多的钱就是他的初衷。

刚开始的时候，他完全不得章法。在手机里下了个APP便开始自学，他给自己的要求是清晨大声朗读，每天背 10~20 个单词。可是当天背下了，第二天又忘记了。没有很好的基础又没有天分的他，在那段时间里几乎快要被英语单词给折磨疯了。

在那时候他才知道，原来别人的嘲讽、看不起都不是打败他的理由，学习的过程才真正会打败他。他记不住、背不下，做试题的时候错误率居高不下。有时候他甚至会想，每个人学英语都是这么痛苦的过程吗?

在他几乎要放弃的时候，有一次遇到一位外籍路人问路，他几乎脱口而出指明了方向。虽然口音有点奇怪，但是那个外籍友人听懂了，不仅如此，他说的话小骆也能听得懂大概。这一下激起了他的信心，原来平时累积的过程看似缓慢，但已经不知不觉植入记忆当中。

重拾信心的小骆开始看美剧，学他们的发音和语言习惯。再从每个月的工资中拿出一部分去专门的机构学习。在那里他才发现，原来自己之前死记硬背的方法是最笨的，有太多可以让人轻松记忆的方式。

在经过长期的努力之后，小骆成为一名翻译，不仅如此，他还对语言产生了浓厚的兴趣，正在学习其他的语种。

每一个漫长而折磨的过程，都是需要自己去独立面对的。

只有踏踏实实走完这个过程，才能够迎来曙光，就像小骆，哪怕他开始用的方法不是很好，可是贵在坚持，他心中的信念便是赚更多的钱让家人好过些。

可是他完成之后，才发现这个世界上有太多的选择，他可以做的事情绝不仅仅是让家人好过一些。他可以自创学习方法，可以开班授课，可以用更多好玩的方式加入学习中。还可以以自己为例，让失去信心的人重新看到希望。

当我们局限于眼前的失败时，看不到将来更宽广的天地。

所以，站起来，拍拍土，有什么大不了？不过是失败而已，人生谁还能没失败过几次？当这条路走不通时，就换一条路再走。

短暂的休息是为了更好地出发，永远别忘记这一点。

最大的敌人，不是对手，是自己

五月天的《倔强》里曾唱：“我不怕千万人阻挡，只怕自己投降。”

非常喜欢这首歌，人生最怕的不是输给敌人、输给时间，而是输给自己。那是本有扭转的机会，却因为自身而失去，令人惋惜。

有一段时间我给自己的要求是每天写 1 万字。无论写出来的是什么，但一定要完成。因为我知道，写文也是一门手艺，若是长久不碰就会生疏。但我一度总是看着文档发呆，然后心中挣扎：“写吧，早点写完就结束了，就可以去玩了！”可是内心更深的声音是："要不等下吧，等下再写，先玩一把游戏。"

在玩了一把又一把的游戏之后，我看着空白的文档内心是无尽的空虚。可是第二天，我又是如此。这样持续了一段时间之后，我再也无法以"明天一定写"来说服自己，老老实实地坐在电脑前，开始一字一字地写。刚开始实在是难熬，思维总是飘到其他的事物上，写着写着便烦躁了起来。可是，我还是坚持继续写，坚持了一段时间之后发觉，其实也并不是那么难，也没有那么痛苦。

我们总是和自己相爱相杀，像是身体里住着两个不同的自己，时而阳光，时而忧郁。充满正能量的时候总是积极向上，被负能量侵占时又萎靡不振。很多时候，我们不是输给了对手，不是输给了时间，不是输给任何其他，而是输给了自己的"我不敢""我不会""我不要"。

有时候我们需要遏制住心中的那个"小恶魔"，当它出来捣乱说"不要、不会、不敢"的时候，打败它。

这是一场自己与自己的博弈。

小铭热衷于电子竞技，他最大的梦想就是成为一名职业选手，像比赛场上那些前辈一样备受瞩目，最重要的是夺得奖杯，赢得荣耀。

他很有天分，在游戏的排行榜上能够占据前十名，可是没有战队找他。周围的人都说他不去打比赛可惜了，如果没有战队找他，他应该自己去找战队试一试，毕竟现在很多战队都在招募成员，哪怕在训练营也可以。

可是小铭拒绝了，他说他不知道去哪里可以找到战队的联系人，没有这方面的资源。所以每天除了努力地爬排行榜之外，他不知道自己还能做出怎样的努力。后来一个朋友得知他的情况，主动为他报名了某个战队的选拔赛，还陪着他一起去了那个城市。在进行对抗的时候，第一轮他就输了，一下丧失了信心，连接下来的比赛都没有参加，就拉着朋友要回去。朋友气坏了，质问他失败是否是他的失误，当局比赛他表现如何，之前的勇气和信心又都到哪里去了。在朋友的坚持下，他继续了选拔的比赛。

最终，他很幸运地被选中。

可是，选中并非就是达成梦想。战队里的生活让小铭对“职业选手”有了完全不同的认知。观看比赛、做记录、基础训练等等，每天重复、重复再重复，他印象中成为职业选手后就可以更好的玩游戏的想法被完全颠覆了。他从未想过自己居然有一天会厌烦游戏。

没有坚持多久，他就被多次批评，因为他总是找借口不参加训练，要不就是常常走神去玩其他的。当负责人问他是否真的还想要成为职业选手的时候，他沉默了。那样艰苦的训练是他没有想到过的，他觉得自己坚持不住、完成不了。

如果你不行，就得退出，因为有其他更多人想要这个位置，残忍但是现实。小铭最终还是离开了战队，不是输给任何一个竞争的对手，而是输给了自己。

人性中有很多的弱点，如贪图享受、容易满足、逃避困难、妄自菲薄或盲目自信等等，我们总是在不断地战胜这些弱点。有人曾说，如若你想要征服世界，就要先征服自己。如果连自己的弱点都征服不了，又何谈征服这个世界？

很多人有天分，有条件，最后还是失败了，除却无法把握的意外和运气的问题，大多数都是败给了自己。我们可以停下欣赏美景，却不能驻足不前、贪图安逸，前方的目标还未达成，享受真的还太早。

战胜不了自己的结果，便是放弃。放弃的结果，便是一无所成。

巴雷尼小时候因病导致残疾，母亲的心就像刀绞一样，但她还是强忍住自己的悲痛。她想，孩子现在最需要的是鼓励和帮助，而不是妈妈的眼泪。

母亲来到巴雷尼的病床前，拉着他的手说："孩子，妈妈相信你是个有志气的人，希望你能用自己的双腿，在人生的道路上勇敢地走下去！好巴雷尼，你能够答应妈妈吗？"

母亲的话，像铁锤一样撞击着巴雷尼的心扉，他哇的一声，扑到母亲怀里大哭起来。

从那以后，妈妈只要一有空，就帮助巴雷尼练习走路、做体操，常常累得满头大汗。有一次妈妈得了重感冒，她想，做母亲的不仅要言传，还要身教。尽管发着高烧，她还是下床按计划帮助巴雷尼练习走路。

黄豆般的汗水从妈妈脸上淌下来，她用干毛巾擦擦，咬紧牙，硬是帮巴雷尼完成了当天的锻炼计划。体育锻炼弥补了残疾给巴雷尼带来的不便。母亲的榜样作用，更是深深地教育了巴雷尼，他终于经受住了命运给他的严酷打击。

他刻苦学习，学习成绩一直在班上名列前茅。最后，以优异的成绩考进了维也纳大学医学院。大学毕业后，巴雷尼以全部精力，致力于耳科神经学的研究。最后，终于登上了诺贝尔生理学和医学奖的领奖台。

如果巴雷尼自暴自弃，固执地觉得自己没有未来，只想躺在床上，那么母亲再如何坚持也是无法感动他的。做出改变的那一刻，除了受到外界的影响，最重要的是自己一瞬间的感悟。

就像失去一段爱情，所有人都在劝你看开，让你好起来，可是伤心难过的过程无法避免。有人会觉得无法再爱了，有人会觉得此生也就这样了。可是当时间过去，平复了心口的那道伤，世界重新鲜活明亮起来时，你会发现自己仍然有爱的能力。

无论是爱情还是事业，生活中有很多事可以打倒我们。也许我们会因为别人而摔倒在地，但是否选择站起来，从来都是自己的决定。

坚持一分钟，比别人再多坚持一分钟

坚持很难，放弃很容易。

常常看到毒鸡汤说："坚持不一定会成功，但放弃一定会很轻松。"

如果对人生没有要求，那么放弃也没什么大不了。只是坚持的人，一定就会有所收获。当我们的欲望大于所得时，便会开始想着若是当初再坚持一下就好了。

我们想要更好的生活，就必须要付出努力。而努力是需要坚持的，否则三天打鱼两天晒网，还不如最初就放弃。有了坚强的意志，就等于为梦想或者说为生活添了一双翅膀，可以带我们到更远的地方，可以让我们感受更精彩的世界。

著名演员史泰龙的健身教练哥伦布医生这样评价他："史泰龙每做一件事都百分之百投入。他的意志、恒心与持久力都是令人惊叹的。他是一个行动家。他从来不呆坐着让事情发生，而是主动地令事情发生。"

史泰龙的父亲是一个赌徒，母亲是一个酒鬼。父亲赌输了，又打母亲又打他；母亲喝醉了也拿他出气发泄。史泰龙在拳脚交加的家庭暴力中长大，常常是鼻青脸肿，皮开肉绽。在这样的环境下成长，他的学业一无所成，不久就离开了学校，成了街头混混。

直到他20岁的时候，一件偶然的事刺激了他，使他醒悟反思：

“不能，不能这样做。如果这样下去，和自己的父亲岂不是一样吗？成为社会垃圾，人类的渣滓，带给众人，留给自己的都是痛苦。不行，我一定要成功！”

史泰龙下定决心，要走一条与父母迥然不同的路，活出个人样来。但是做什么呢？他长时间思索着。找份白领工作，几乎是不可能的。经商，又没有本钱。他想到了当演员——当演员不需要过去的清名，不需要文凭，更不需要本钱，而一旦成功，就可以名利双收。但是他显然不具备演员的条件，长相就很难使人有信心，又没有接受过任何专业训练，没有经验，也无天赋的迹象。然而，“一定要成功”的驱动力，促使他认为，这是他今生今世唯一出头的机会，最后的成功可能。在成功之前，绝不放弃！

于是，他来到好莱坞，找明星，找导演，找制片人，找一切可能使他成为演员的人，四处哀求：“给我一次机会吧，我要当演员，我一定能成功！”

很显然，他一次又一次被拒绝了。但他并不气馁，他知道，失败定有原因。每次被拒绝之后，他就把失败当作是一次学习发誓一定要成功。不幸得很，两年一晃就过去了，钱花光了，他便在好莱坞打工，做些粗重的零活。两年中遭受到1000多次拒绝。

他暗自垂泪，失声痛哭。难道真的没有希望了吗？难道赌徒、酒鬼的儿子就只能做赌徒、酒鬼吗？当然不行，我一定要坚持下去，我要成功！他想到了换个方法试试。他想出了一个迂回前进的思路：先写剧本，待剧本被导演看中后，再要求当演员。幸好那时的他，已经不是刚来时的门外汉。两年多的耳濡目染，每一次拒绝都是一次口传心授，一次学习，一次进步。因此，他已经具备了写电影剧本的基础知识。

一年后，剧本写出来了，他又拿去遍访各个导演："这个剧本怎么样？让我当男主角吧！"但人们认为他的剧本挺好，但要让他当男主角是不可能的。他再一次被拒绝了。

他不断对自己说："我一定要成功，也许下一次就行，再下一次，再下一次……"

在他遭到1300多次拒绝后的一天，一个曾拒绝过他20多次的导演对他说："我不知道你是否能演好，但至少你的精神令我感动。我可以给你一次机会，但我要把你的剧本改成电视连续剧，先只拍一集，让你当男主角，看看效果再说。如果效果不好，你便从此断了这个念头吧！"

为了这一刻，他已经做了三年多的准备，终于可以一试身手。机会来之不易，他自然拼尽全力，全身心地投入其中。

第一集电视剧创下了当时全美最高收视纪录——他成功了！

前辈们坚毅的品质值得我们学习，有人也许会问我坚持就一定能成功吗？这世界上没有绝对成功的事，但不坚持就一定会失败。我们每一次的尽力而为为的不仅仅是成功，更是为了在这个过程中收获经验、享受努力，哪怕最终结果不尽如人意，只要尽力，就值得喝彩、值得鼓励。

很多偶像剧里都有类似的台词：只要这一秒不放弃，也许下一秒就会有奇迹。而我们坚韧不拔的品质，会让我们在日后无论遇到什么样的问题，都不会轻言放弃，会让我们的生活充满阳光、充满正能量。

小依是个胖妞，虽然五官长得精致，但身材实在是太胖了。多次想要减肥，最后不是减不下来，就是反弹得更厉害。为了减肥，她试过绝食，但是坚持两天就坚持不下去。她这肥胖是自己吃出来的，若是可以戒掉贪吃的毛病也就不会胖成如今这个模样。她还试过吃减肥药、贴中药、针灸、按摩穴道等等千奇百怪的方法，但是那些都是要配合着少食进行的，没多久钱花了不少，肉一点也没减下来。

每一次她都是下定决心，信誓旦旦一定要减下来。为此，她还买了昂贵的均码衣服挂在床头，房间四处贴满了“不要再吃了，胖子”的标语，可是依旧没用。当食欲来的时候，所有标语都变成了浮云。

可是肥胖带来的不仅仅是审美的问题，更多的是健康的问题。那一次公司常规体验时，医生明确告诉她已经影响到健康了，如果想要减肥就必须摒弃其他的减肥方法，少食多餐加运动才是真正有效的。

于是她开始给自己制订运动计划，每天坚持运动两个小时。

她看着身上的赘肉，心想：这一次我一定要成功！

第一天，她在网上学着跳有氧健身操，十分钟还没有到她就已经累得不行了。按下暂停键，大口呼吸着，脑海中无数个“我要休息”的念头闪过，大约休息了一分钟，小依又继续跳。第一天，坚持了二十分钟，虽然没有达到自己制定的两个小时，但她已经很满意了。

之后每一天，她都告诉自己，再多坚持一分钟，就一分钟。

一周后，她已经可以坚持跳四十五分钟不休息。一个月后，她在跳完有氧健身操后，还可以练一套瑜伽拉伸肌肉。

也许小依自己都没发觉，这短短的一个月，她整个人的精气神都不同了，这不仅仅是瘦身带来的效果，更多的是运动后的精神面貌。整整坚持了大半年的小依，虽然还是穿不上那套均码的衣服，但已经可以随意在商场里购买自己喜欢的衣服，而不用再惧怕没有能穿的码数了。

可好景不长，小依因家中有事辞职回了老家。在家中又开始大吃大喝，而且运动也没有再坚持。在家中那段时间，她每天晚上都吃消夜，还有一些高热量的东西，身体飞速像球一样胖了起来。比半年前还要再胖一些。回到原来的城市时，朋友们简直不敢相信自己的眼睛，更不敢相信她那么辛苦坚持下来的成果，居然就这样被打回原形了。

可小依不以为然，她觉得自己当初可以减下来，现在一样也可以。可是当她再一次开始运动时，才发现一切又要从头开始，运动第一天就浑身疼得不行，于是又想着“明天吧，算了还是明天吧……”

在无数个明天之后，小依开始悔不当初。可是人生哪有后悔药可以吃？之前的努力已经浪费，只能从头再来一次。

很多事就像减肥一样，很累、很难，而且花费的时间很长。这是一场漫长的拉锯战，只有坚持才能赢得胜利。当你坚持不下去的时候，告诉自己再多坚持一分钟，再一分钟，往往这短短的六十秒就很有可能突破一个人的极限。

不要轻言放弃，当累极了、倦怠了、失望了时，看一看前面辛苦走过来的路，问自己，放弃是否可惜？告诉自己，再坚持一下，就一下，直到真正的无能为力。

做梦又怎样，万一成真了呢？

高中毕业那年我才开始学骑自行车，同学教我的时候气得直骂我小脑发育不健全。我总害怕自己会摔跤，每次车身有点斜的时候我想的不是如何扳正，而是先跳下车来不让自己摔倒。所以，最终我也没能学会骑自行车，直到现在。

有好多次在梦里，我都骑着自行车，像电视里那样在大学的小道上一边骑，一边和同学或是恋人欢声笑语。

梦醒来后我总是想，如果我真的会骑该多好。

可是我最终也没能将梦变成现实，每每还给自己找借口：现在谁还骑自行车？要学就学四轮的。

除了自行车，我还做过许多的梦，不仅仅是夜里，还有白天的，俗称“白日梦”。

有时候幻想自己的书突然大火大卖，然后想我是不是该去练一练签名了。有时候会幻想突然中了彩票，然后开始计划奖金要如何分配，可是我连一次彩票也没有买过。

白日梦，谁都会做，可有多少人为这个梦真的付诸行动？

最近上映的电影《解忧杂货店》里有一段内容，是说一个舞女寄信给杂货店，将自己的烦恼告诉他们。

杂货店早已经关闭，剧情设计一扇门两个时空，来自1993年的舞女的信被2018年的三个小朋友收到。

刚开始他们很愤怒，说她贪慕虚荣才会做这份工作，后来舞女解释自己并非为了虚荣，而是为了自己的一个大家庭，她是福利院长大的小孩，一心想要回报福利院。

在经过被骗、茫然之后，舞女又一次写信给杂货店，同样迷茫的三个孩子根本不知如何解答她的问题，直到一个孩子突然想通了，写了回信给她：

“其实我和你一样，也很迷茫，但是我想告诉你，无论如何不要幻想依赖任何人，人最终还是要靠自己。我没有办法告诉你怎样才能实现经济独立，但当舞女肯定不是长久之计。你可能很难想象，在未来很少有人像我们这样写信了。计算机互联网的普及，让世界变得越来越小。社交网络的出现，让人们的交流越来越方便。人们甚至不需要用现金去生活，一个手机就可以解决所有衣食住行的需求。

“未来二十年，中国经济将飞速发展，股票、地产、IT、互联网、电子商务，这些行业都会井喷式地发展起来。如果你现在开始努力学习，存钱和投资，越早入门，成功的机会就会越大。”

最终舞女听了他们的建议，不仅仅走上了成功之路，还有了自己的公司，而且越做越大。

当然，我们不能像电影里一样，询问未来的人将来的世界会怎么样。可如果舞女不想改变自己，不想改善生活，她不会去写信，只会专心吃着这一碗青春饭，等到容颜老去时，再去担心自己的下半生。

没有人可以告诉我们，未来会怎样。

但是，不变的道理是，不断学习、提升自己的价值。

只有当你拥有实力的时候，你才能去实现自己心中所想。

白日梦，也是可以现实的。

让我有感触的是那一句：“不要去幻想依赖任何人，人最终还是要靠自己。”

每个人都有依赖心理，可现实就是得靠自己，无论你身后有多大的支撑，都要不停地提升自己不被这个社会抛弃。

从前，我们说30岁之前要买一套属于自己的房子，是梦想。

如今，我们再说在30岁之前要买一套属于自己的房子，就是白日梦。经济飞速发展带来的是物价飞涨，房价更是一年高过一年。现在大多数的年轻人想要在城市里依靠自己的能力去买一套房，太难了。

可是我的闺密做到了。

当她将购房合同拍给我看时，我惊得嘴都合不上，140平方米的房子，她就这样买下来了！虽然她说，银行卡的积蓄一夜清空，从此成为房奴，可我还是羡慕到不行。还记得几年前，我们谈起将来一定要买一栋相邻的房子挨着住，可是上网一看房价就放弃了。我看着对方摇头说：算了，我们还是做一做白日梦就好了。

可是她真的将这个梦实现了！

她有多努力，我不必说，大家都能想得到。而我与她最大的不同是，我将白日梦只当一个梦，过瘾后又回到现实的生活中继续毫无目的地奔波。而她不同，她将梦带到现实，一分一分地积攒，每每离目标又近一步的时候，她便会有很大的满足感。

我羡慕的并非是她买了一套属于自己的房子，而是她敢做白日梦，更敢将梦带进现实。

很多我们曾经一起做过的梦，她如今都在一一实现。每次看到她的时候，我都会想，一定不能放松对自己的要求，如果想要拥有更多，就得加倍付出努力。

如果你也爱做白日梦，如果有人曾嘲笑过你做白日梦，就努力将这个梦带进现实吧！只有当你真的做到的时候，才会发觉别人的嘲笑不过是因为无知和胆小而已。

第五章

那一座宁静的港湾，有星光的投影

午睡醒来，华灯初上，

屋子里一片寂静，

茫然地坐在床上看窗外的烟火气，

像是被世界抛弃了，久久都缓不过神来。

可这并不特别，你、我、他，

都曾有过这样坠入深渊般的傍晚。

大声说出来，你在害怕什么

生活的压力让我们背负的条框太多，我们按着这些规则努力地活着。我们被教会不轻易流泪，被教会不能害怕，被教会要独立。

似乎越长大就应该越坚强，可勇气并不是随着岁月一起被赠予我们，很多时候我们戴着一张笑脸的面具，坚强而独立地面对着这个世界。哪怕到了夜里面对自己时，也要告诉自己一声：不能哭，挺过去了就没事了。

可若是学不会解放自己的情绪，让负面情绪堆积得越来越多却没有释放的出口，最终很容易走到某个极端。

有一段时间，我很喜欢一首歌，歌名叫《可不可以不勇敢》，歌中塑造了一个失恋但坚强的女生，令人心疼。

有时候我们真的不必这么勇敢，大声喊出痛，放声去哭，从来没有人要求你一定要微笑着去面对所有的苦难。

《明星大侦探》是一档我很喜欢的综艺节目，里面不仅仅有精彩的破案过程，到了第三季之后节目组赋予了案件更加有深度的意义，让人在看完精彩的节目之余也会思考自己是否也有着类似的问题。

其中有一期《无忧客栈》令我印象很深刻，说的是“微笑抑郁症”。微笑和抑郁症原本就是两个不同的情绪，可是当两种情绪被放在一起的时候，就成为时下都市年轻人最常见也是危害极大的一种心理疾病。他们说，越是难过的人，笑得往往最灿烂。无论内心有多少伤痕，在人面前时总是一副阳光明媚的模样。

我的朋友肖萍也得了这种心理疾病，当我得知她患了重度抑郁症时，我整个人都惊呆了。她是那么阳光、积极向上。当我们聚在一起玩的时候，她的个性鬼马精灵，简直就是我们的开心果，只要有她在的聚会一定不会冷场。可是当我们情绪低落，遇到不开心的事时，她又像一个知心大姐姐，聆听我们的烦恼，给我们安慰。我们几乎没见过她难过或是失落，我也曾想过也许她只是将这种情绪控制得很好，也曾想过她只是比我们都成熟，知道如何解决自己的问题。可正是因为我们都是这样的想法，于是她所有的情绪都无法向我们诉说，她习惯了这样的角色，于是慢慢开始将情绪藏在心底，当有一天她真的想开口向我们诉说时，却又不知道该从何说起。

我去见她的时候，她看着我的双眼失去了往日的光彩，就那样静静地坐着窗前，望着窗外，望着远方，谁来都不发一言。我静静地陪着她坐了很久才起身，我要合上门的时候，她回过头对我说了一句：“以后别来了。”

声音很小、很轻，可是这句话却很重地砸在我的心头上，令人唏嘘，令人后悔，令人自责。所有一切“会过去的”“你要坚强”“配合医生一定能好”的话，在我陪着她的过程中，一句也说不出来。

没有谁可以“渡”谁，唯有自己才可以拯救自己，我知道，肖萍也知道。就像我们劝解一个伤心的人，说再多的道理都无用，道理谁又会不懂呢？可是有些事并不是懂了道理就不难过。

社会的压力已经很大，谁都没有办法轻松地活着，但至少自己别再给自己压力了。学会爱自己，是很多人需要学习的一门课程。

试想一想，有什么大不了的？这世界上没有过不去的事情，开心了就笑，不开心了就闹，就像一定非要走的恋人，无论你怎么做他也一定会走，不如随心。

有没有试过这样的感觉，在答应自己减肥的时候忍不住又吃了一份夜宵；在答应自己不再熬夜的时候又一次看到晨曦才入眠；在答应自己好好工作的时候再一次心不在焉地走神；在答应自己好好珍惜恋人的时候又一次亲手将他推开……

在夜深人静的时候，躺在床上突然心中很沉。

不知道自己是不是能过得好将来，迷茫、无助。

这种感觉在夜里的时候特别深刻。

想要找谁聊一聊，却根本不知道找谁，更不知道要如何去解释自己的这种情绪，哪怕说了也不过得来安慰“会好的，只要你努力”。

这种情绪，到了白天又不见了，我们似乎又变成了那个努力上班，积极为自己创造一片光明前途的好青年。我们认定了不过是夜里敏感，那没什么，只不过是胡思乱想。

这并不是胡思乱想，它藏在你内心最深处，那是你所恐惧的东西，将它拎出来，面对它，解决它！

小群是我们部门的开心果，有时候常常会做一些鬼脸让人忍俊不禁。最逗的还数在路上的时候，突然就开始学卓别林走路。快乐的人总让人愿意靠近她，小群也是这样。

那是夏天，我无意间发现小群的小腿上总是有瘀青，开始还觉得她是不是不小心碰到了哪里，可是后来我发现那些瘀青的颜色越来越深时，意识到了不对劲，我问她到底是怎么回事。

开始她也是不愿意说的，后来她说其实最初她自己也不清楚，后来发现自己的手总是在她忧虑的时候下意识地掐着自己的腿，那是用指甲长时间按压出来的结果。看着她小腿上的那一块，我有些后怕——这得是多长时间的下意识行为，才能弄出这么一大片的瘀青。

也是从那时候开始，我和小群开始成为真正的朋友。

我们会相互聆听对方的心事，诉说自己的不开心和害怕之事。每个人都有自己害怕的东西，或是未来，或是恋情。而她害怕的是失去亲人。我们都不知道她上一次请长假回去，是因为父亲的离世，她没有说甚至连朋友圈都没有发。在回来之后，除了刚开始话有些少，我们也都没有察觉出来。

她说："父亲一直是个很快乐的人，他的朋友也是这样说的。从小我的家庭就很幸福，我的成长也很快乐。我知道，父亲更愿意让我开开心心继续活下去。所以我不敢哭，我怕让他失望。我担心母亲，可是我不敢提……"

她哭出声来，后来我才知道那是她在父亲去世后第二次哭。她说她之前并不敢将心事说出来，害怕别人知道会同情她，更害怕自己会陷在悲伤的情绪里走不出来。后来她才知道，有些悲痛藏在心底只会越来越深，表情平静但独处的时候却能清楚地看到那些悲痛又深了一层。失去父亲的痛也许一辈子都不会消失，但会慢慢平复。

就像如今的小群，说起父亲的时候还是会难过，但她已经真正接受父亲离世的这个现实。努力做好自己，努力做好每一件事，让自己健康地活下去，就是现在她对自己的要求。

若是有人对你说，她很难过，她害怕什么，请不要忽略，或是觉得只是玩笑。重视身边亲人、朋友的每一个情绪，也许你的忽略才是真正压死骆驼的那一根稻草。

而如果可以，我更愿意你在失去的时候撒泼打滚或是号啕大哭，给自己一个期限去痛、去伤，然后好起来，再也不往回看。

别害怕，看看那些曾经受过的伤

我从来只相信时间会平复内心的伤，但并不是治愈。如果曾有一段刻骨铭心的记忆，哪怕时间过去再久，哪怕已经记不清回忆中人物的模样和具体的事件，但是只要回忆起最为疼痛的那一段，心还是会被狠狠地敲击一下。

我们的大脑，会记录疼痛、恐惧的感觉，让我们印象深刻，所以回忆的时候，大部分人会选择跳过这一段。就如我们突然听到那个时段的某首歌、遇见那个时段的某个人或是相关的记忆，还是会沉静下来。

在一场车祸中，李毅的腿断了，幸运的是捡回了一条命，更为幸运的是医生说虽然双腿康复的希望渺茫，但还是有一丝希望的，只是会很难，需要有很坚强的意志力。

手术过后，李毅整个人都是崩溃的，捶着毫无知觉的双腿干号着为什么不干脆让他死了算了。他一直是个优秀的人，从上学到工作，可是突如其来的变故让他接受不了。母亲站在一旁心疼得在滴血，却不知道该做些什么才能安慰他。

“医生说，会好的。”

“好？怎么好？你来试试，你来试试！”他抓着母亲的手狠狠地往自己的腿上砸，“一点知觉都没有，你明白吗？一点都没有！”

整个病房被痛苦笼罩，好几天过去了，李毅的情况一点也没有好转。来看望他的同事他拒而不见，医生复诊他也不配合。不吃饭、不睡觉，要么发脾气，要么盯着某处发呆，都说男儿有泪不轻弹，可是这些天他几乎把一辈子的泪水都流光了。

大家都没了办法，如果病人自己不配合，哪怕是神医也无法让他痊愈。医生告诉母亲，如果错过了最佳的治疗和复健时间，那么他一辈子都无法行走，只能靠轮椅子。

母亲来到病房，看着被病痛折腾得不成样子的儿子，往日风光不再，心便如刀割似的疼着。

她问："你选择沉沦吗？"

他沉默不回答。

母亲将他的身子扳正，强迫他看着自己："你觉得自己很可怜，你觉得上天不公，为什么是你！你觉得失去了双腿就失去活下去的意义！这就是你吗？为什么你不庆幸你还活着？为什么你不庆幸你还有机会好起来？你失去的是腿而不是你的能力！有什么是不能重来的？亲人、朋友都还在，当你站起来的那一天，别人只会用佩服的眼光看你，如果你一直躺着，你注定是个令人同情的失败者。作为你的母亲，能做的我都做了，我恨不能替你承受你现在的痛。可是，我没办法帮你做决定，一切还是要看你自己。"

许多年后，李毅回忆起母亲的这段话，内心还是澎湃的。

他说，自己无法承受巨变，每天都活在自怨自艾的生活里，他走不出来也看不到希望。母亲的话并没有让他立刻清醒过来，而是在某一天他看到一个5岁的小朋友在努力做复健，心一下明朗起来。

其实没有什么不可以，如今重新站起来的他就是最好的证明。在康复之后很长时间他都不敢开车，甚至不敢坐车，更不敢回忆车祸后的日子。可是如今，他敢了。在遇到困难的时候他总是对自己说，那么艰难的日子都走过来了，还有什么更可怕的呢？

在所有天大的不幸的面前，我们都应该庆幸自己还活着。

曾经遭遇的磨难，都是生命中宝贵的经历。这句话说起来多简单，但只有真正经历过的人，才明白这句话的分量有多重。摔倒了，哭一场丢人吗？并不，我们都只是凡人，不必压抑自己的情绪。

只是未来的日子还长，我们总要重新出来，在这之前好好站起来、站稳了才是我们应该去做的。

有人说，能够伤害到我们的都是自己在乎的人，只有在乎一个人，他才拥有足够的能力去伤害到你。就像恋人，心之托付，被伤害后总是很难再好起来。哪怕遇到下一次的爱情，也会有所保留，不敢像最初那样去奋不顾身地付出，会小心翼翼地试探，将自己置身于安全区。

可这样的爱情也是不公平的，我们总是习惯把前任犯的错让现任去偿还，让现任去平复我们内心的伤痕，总想着我曾受过伤，所以，没有安全感，却很少有人觉得这样对现任并不公平。

小仪和前任分手的时候，整个天都快塌下来了。

在一起的时候她付出了自己的所有，毫无保留。可是对方还是离开了，相处好几年之后一句我们不合适，就结束了一段恋情。失恋的那段时间里，小仪总是觉得无法置信，曾经那么爱她、宠她的一个人，怎么可以说走就走？人的感情，怎么可以说没就没？

哪有说没就没的感情？不过是拖了又拖的借口。

那段时间里，小仪最常说的话便是“我不会再爱了”“我再也不可能爱上别人了”“我好像失去了爱的能力了”。

像所有失恋的人一样，无论身边朋友怎么陪伴、宽慰都没有用。她陷在自己的世界里无法自拔。泪水变得无法控制，不管在哪里总是一下就涌了出来。她不敢去碰那段回忆，不敢去碰有关那个男生一切的东西。强迫自己去忘记。她也很希望自己像书中那样，背起行囊来一次说走就走的旅行，或者潇洒离开，从此不回头。

可现实却是她一蹶不振，像是失去了支柱，没有了灵魂。

曾经爱得有多深，如今就有多痛。

很久之后，她一直都没有遇到一个合适的男生，她总以为自己忘记了、过去了，可是在认识新的男生时总是试图寻找前任的影子，若是没有找到便会失望，若是找到又会害怕。

一直到一个午后，阳光正好，她整理房间时突然翻出从前的合照、他送她的东西。那个箱里子装满了他们的回忆，甜的、酸的、苦的一下全都涌了出来。

她一样一样看过去，才发觉曾经以为自己忘记的原来都没有忘记，而曾经刻骨铭心的居然变得有些模糊起来。她想，是了，从他说分手的那天起，自己心中便开始回避，不愿意面对。放不下的是她，她没有好好和这段感情说再见。

她翻阅了所有属于他们的记忆，哭了，也笑了，然后将一切封存起来。

这是她对这段感情的告别。

很突然的，就放下了。

那一刻的阳光照在她的脸上，更照进她的心里，很暖很暖。

人们常常不敢回忆那些让我们感到痛苦的事，回避成为最好的避风港。可是回避并不会让事情过去，它依旧存在于我们心底最深的地方，时不时就跳出来折磨一下我们的心房。只有真正学会面对，正视那些伤害，才能够解决。

亲友的陪伴和安慰，都无法助我们走出困境，唯有自己才是拯救自己的神。

别对自己说谎

曾经有一张图很流行，画中一个小人安静地蹲在角落里，轻轻地抱着自己。

配文是：累的时候，抱一抱自己。

有部分人觉得戳中了自己的内心，有部分人觉得这图也太过矫情。在我看来，那是每个人所需不同，反映的内心也就不相同。

快节奏的社会让我们不敢累、不敢痛。

就如同加了班的夜里，走在半路却突然下起了瓢泼大雨，安静的街道没有一个行人、没有一辆车，打开手机却发现这个陌生的城市里没有人会来给你送伞。

淋得一身湿回到黑漆漆的租房里，冰冷的空气没有任何温暖的气息。

沮丧、难过，可你依旧要立刻到卫生间里去洗个热水澡，因为不能生病，因为明天还要上班。

觉得矫情的人会说，生活那么方便，你完全可以用手机叫一辆车。可很多时候，哪怕是叫了一辆车也驱不散那种孤寂感。

当别人问起的时候，都说还好。再委屈，打电话给家人时，也要憋着眼泪说自己过得不错。这是我们大部分人的现状。

好似都不是些什么大事，却像是针落在心头，不是很疼却总是一下一下被扎着。

很多事在当下只是一种感觉，在事后再说的时候又是云淡风清，仿佛不值一提。可无论对别人怎样笑、怎样说，别对自己说谎。

过得好不好？最近累不累？需不需要安慰？

对着镜子里自己的脸，不用再戴着面具，无须伪装，放下防备真真正正直面自己，才能收拾好零碎的情绪好好出发。

见过一个人的独角戏吗？

我认识一个很傻的姑娘，她和男友在一起3年后被“劈腿”了。

当她发现的时候，她质问过。当她知道男生已经变心时，她哀求过。

甚至她乞求的不过是慢一点再分手，给她一点点时间去接受他已经不爱的事实，只需要一点点时间假装他们还没有分手，男生一时心软答应了，但他说“不要让她知道，因为我不想伤害她”。女生笑了，也哭了，放开了紧紧抓着他的手。

拉黑所有联系方式，清空他留在自己这里所有的东西，将自己缩回自己的壳中，不去看现在的他，不去看现在的他们。

那句他不想伤害她，深深刺痛了女生的心。

曾经，他也拿她当宝，可是最后他想要保护的人不再是她了。那些承诺过的话，那些许下的未来，一夕之间化为乌有。

她原本以为，可以和他一直走到最后的。

幻想过嫁给一个人的场景，所有未来的计划里都有他，可是他中途离场，她的世界一下塌了。

所有的未实现的梦，变得没有意义。

在租房里，她看着镜子里的自己却怎么也哭不出来，整个房子里都还充满了他的气息，可是人早已经不见了。

第二天，她顶着黑眼圈去上班，面对同事的调侃，她微微一笑便过去了，对谁也没有提起自己已经分手的事实。

只是中午同事给她带了一份外卖，她突然就抑制不住泪水，她想起了这是他最喜欢吃的东西。

她不知道他是不是还记得自己挑食的毛病，是不是和她一样看到那些她不喜欢的食物时也会想起她。

害怕被人发现，她慌忙用纸巾按住眼睛，笑着说："这也太烫了。"

就这样过了很久，当别人问起他的时候，她总是说很好。

在夜里的时候，她会回忆他曾对自己的好，就像真的没有分手，而他只是出了一趟远门，也许过一段时间就会回来。

白天她正常得像完全没有事情发生过一般，在夜里她也不愿意让自己去回忆那些刺痛她的话。

她想，曾经他们每次吵架，她离家出走，他都会来哄她，对她说"乖，我们回家吧"，那么这一次，她也愿意等，等他回家。

像是和空气中虚无的人谈了一场长久的恋爱，没有人察觉到她的不对劲，有时候和同事谈论起他的时候，连她自己都有些恍惚，他们好像真的没有分手，他还在她的身边。

只是这种感觉就像在梦中，惊醒时身边的冰凉提醒着她，他已经离开她很久了，这是现实，只是她不愿意面对。

可真相就是真相。

当同事看到他和另外一个女生在一起并且告诉她的时候，她慌乱得不知要怎么应对。像是伪装了许久突然被人揭穿，猝不及防。她又要如何去解释这漫长的时间里她都在欺骗大家、欺骗自己，其实他们早已经分手。

虚构的世界终究还是被打破，不知是从谁那里得知她的情况，他来找她了。

再次见面已经分手将近两年，她沉沦的时间令他震惊、内疚，两个人坐着，就像从前，却再也回不到从前。

她开始说，说分手后的种种，说她留恋不舍的种种，说从前的种种，始终微笑着没有哭。她记得任何一个细节，因为一年多来她就是靠这些支撑的。

他安静地聆听，理智地压抑着想要安慰她的心情，只说了一句“对不起”。

她的泪水再也忍不住，伏在桌上哭得没有一点声响。

许久之后，她抬起头，泪水已经抹净，脸上已经换好笑容。

“我不知道自己放不下什么，我只是需要一个温暖的假象让自己不要倒下。我曾经以为你会回头，也渴望你回头。可是我知道，一切都过去了，我一直是知道的。谢谢你对我说这声对不起，对我来说真的很重要。”她说。

那天阳光很好，她第一次发现咖啡店墙边种的月季这么美，花团锦簇，一片繁华的景象。起身时她抬头看了看太阳，似乎已经好久没有这样轻松过。他也许不会懂，其实连她自己都不懂，他欠的那声抱歉原来这么重要。

似乎他亲口说了对不起，她才能和从前的一切决断。

我见过许多对自己说谎的人，我也曾对自己说过谎。无论什么事，我们都会发现最终还是要去面对。生活、学习的压力已经很大，不要再对自己说谎，诚实一点面对自己。

只有当你拥有爱自己的能力，才能拥有爱别人、爱这个世界的能力。

孤独并不可耻，有时它是另外一种自在

看过一句很美的句子:“我挤进过一场繁华，却发现与我无关。抽身离开，转身与孤独为伍。”

很多人常常会有这种感觉，参加一场热闹无比的宴会，觥筹交错，行走在其间和每个人热情地交谈，宴会结束之后离开，骤降的温度冰冷地迎面袭来，打个冷战之后，随之而来的是繁华落幕后的凄凉感。看着街上如星光般的灯盏，却没有一盏是为你而开。

在这一刻，孤独感像是没有尽头一般。

不仅如此，有时候想看一场电影却不小心坐在了情侣中间；想吃一餐自助在起身拿餐时却被服务员收走了餐具，第一次见到下雪雀跃地转身却发现没有人可以分享……

总有那么一个时间段，没有朋友，没有爱人，一个人坚强地活在陌生的城市里，除了网络，不知道还能怎么让自己不寂寞。

你曾一个人孤独地去做过什么事？

在网络上，这个话题曾经很火，我看到有一位网友留言：

“一个人做手术，一个人住院，一个人吃火锅，一个人去游乐园。一个人看电影，一个人吃饭，一个人逛街，一个人散步。朋友都在天南地北，家人也不在身边，有时候不愿意麻烦别人，可以自己做的事尽量都自己做了。其他也没觉得有什么孤独的，或许是习惯了，也没觉得有什么大不了的。”

看到这则留言时，我的心微微疼了一下，相信有很多人像这位网友一样曾做过许多以为自己一个人肯定不行的事。

一个人爬山，一个人挤地铁，一个人买菜做饭，一个人去看演唱会。

有人会觉得这得多孤独啊，可是在我们学会独立的过程中，就是这样慢慢地习惯一个人。很多人，都是这样渐渐习惯了城市的孤独，习惯了一个人。

从前我和小初一起去吃自助餐，也看到有人是独自去吃的。

他从容且自在，起身的时候交代服务员先不必收，等他吃完自然会告之。

那时候我还和小初说，将来如果我一个人的话肯定不会自己出来吃自助餐的，太可怜了。可是过后没多久，小初回老家，我还是自己出来吃了。那时候也并未觉得自己可怜，大概是因为一心都扑在美食上了吧。

孤独并不可耻，有时候它是另外一种自在，可以随心所欲。

一个人逛街可以随意去自己喜爱的店铺，不想逛了找个地方休息。

一个人买菜做饭，可以想吃什么就做些什么，不顾考虑别人的口味。

一个人是学会独立不依赖的过程，从前认为自己解决不了的事情，当无人可依赖时，你会发现自己真的无所不能。哪怕这个过程中会崩溃，会暴走。如果人生中有一段路是自己一个人走过来的，那段记忆必然是弥足珍贵的。

徐玉肯定是不孤独的。

她有一个很疼爱她的丈夫，虽然没有朝九晚五的工作，但是她拥有自己的小事业，还有一群常常聚餐的姐妹。忙碌的时候没时间感受，空闲的时候有朋友聚会，在我们看来，她肯定是不孤独的。

徐玉孤独吗？

老公忙碌得几乎没有闲暇，偶尔休息恨不能一觉睡到假期结束。自己的小事业有时候挺忙碌的，那点忙碌也不过是在进货的时间上。朋友们倒是常常聚会，可都是自己聊自己的生活，每个人说的话都可以单独拎出来不需要别人的回答。

她说，她看到过好几次昙花盛开凋落的瞬间了。

后来她很少再去参加聚会，不忙的时候一个人泡一杯咖啡，看看书，或是为自己的小店研究一些新品，琢磨的过程才会发觉时间根本不够用。不仅如此，她还为自己报了网上一对一的外语课，时间一下紧凑起来。

孤独是无法避免的，哪怕有时候身边有人陪伴，但孤独感总是沿着夹缝就挤进来了。

想了很久的旅行，最终她是自己去的。

面对着蓝天大海，心情一下开朗。她说，她感谢曾经孤独的时光，那些时光让她变成更有能力的人，不再是那个看着丈夫焦头烂额却无能为力的自己，如今的她也可以帮着出些主意，甚至有时候还可以充当他的翻译。有时她会自己写些随笔，记录下自己的时光，陶冶自己的情操。

孤独是一种感觉，忙碌之后、闲暇之余、热闹过后尤显特别。

但一个人走在空荡的街上，感受空气，感受花草，感受自己的内心，也是一种享受。许多天才都是孤独的，正因为这种孤独让他们可以更加专注地将所有的心思都放在自己的专业上，才有许多伟大的发明和科研结果。

当然，也可以选择“躺着”孤独。

小诺是个神奇的女孩子，至少在我们看来是这样的。

她可以完完全全一个人生活，在没有电、没有网络的情况下，她可以静下心阅读，也可以和自己玩。小诺最常说的话便是：“你们这些人呀，离开网络就活不下去了。可是小时候我们没有网络不是一样活得很开心。”

的确如此，互联网发展到今天，几乎每个人都离不开。生活、工作甚至恋爱，我们依赖着互联网带来的世界，突然一下没有了，似乎就完全想不起来从前自己是怎么长大的。

小诺酷爱美食，对她而言没有网络又怎样，并不影响她的研究。她一样可以做各式各样的食物，然后拍照，然后享用。

或者干脆就那样躺着胡思乱想，在脑海里构建一个离奇的故事，也可以让她乐上半天。那些我们觉得孤独的事，在她眼中似乎都不值一提。就像我们得知她生病手术时，她已经痊愈，自己出院了。

“我可以将这些交给别人做，比如未来的男朋友，让他来好好照顾我。可若是没有亲人朋友，难道我就让自己病入膏肓、自怜自艾到不治身亡吗？这样的思想才是可笑！”

或许是身边这样的例子太多，我也从未觉得孤独有多可怕。可以有伴同行，也可以独自前往。在没有可以交托心灵之人时，学会安抚自己；在有了那样一个人的时候，亦可以享受照顾对方和被对方照顾。

如果此刻的你正在孤独中，别害怕，别彷徨，哪怕未来的那个人不会出现，你也可以好好走下去。若是你无法享受孤独，就打开心门去交一个能够和你契合的朋友，相互鼓舞、相互支撑。

Everything will be fine.

美好不在远方，闭眼感受身旁

提到“美好”这个词，我的第一反应就是嘴角有些上扬。

都还没有想到具体的事情，只是看到这个词就会感觉到一阵暖意。

小初说，我这是老了，上年纪的人才会这样。

或许真的是这样，但并不重要，如果上了年纪可以更好地感受到美好，那么“年纪”真的也不是什么可怕的事情，不是吗？

你是否有一双善于发现美的眼睛呢？

连续下了几天雨后的清晨，充满阳光，这对我来说就很美，可以将被褥晒得暖暖的。

阳台种了很久的花开了，我也会觉得很美，那是我用心灌溉的果实。

从前和先生异地时，他发来一张漫天烟火的照片，我亦会觉得很美，那是他和我分享他觉得美的事物。

小初的城市下了雪，她堆了雪人拍了视频给我，仍旧是一种美，被分享、被惦念的美。

美好从不仅仅存在在电影里、远方的眺望里、书中的诗句里，它还存在在我们的身边，不时就跳出来温暖一下我们的生活。如果你善于发现，你会发现其实每天的生活都可以很快乐。

周六傍晚是我和先生约定只要有时间就一定要去公园走走的日子。带着我们养的狗，带好水杯，坐着他的小破车出发。

有一次走累了，我们坐在石椅上休息，看到一位老人家牵着一条狗从我们前面慢慢走过。他的步履很慢，身边的狗似乎知道主人走不快，也很缓慢地走着，不时地朝左右看。它还是会觉得外面的世界很新鲜，但为了主人它愿意放慢步子。不一会儿，后面追来一位老阿姨，手中拎着一件外套，老人家停下步子微笑地看着她朝自己小跑而来，嘴里还喃着："慢一些，慢一些，我等你。"老阿姨将外套披到他的身上，很自然地将手挽进老人家的胳膊里，慢慢向前走去。

我们目送他们离开，始终微笑着。先生回过头看着我，我们对视，他握着我的手微微紧了紧，没有说话。

这是我脑海中一个很美的片段，看着老人家的画面我们谁也没有说话，我没有问将来老了我们是否也可以这样，他也没有保证我们老了也会如此。

但是无须任何一句言语或承诺，我们都知道对方对这个画面的期待和向往，并且会努力朝这个画面走去。

还有一次，和先生一起吃烤肉自助，我们隔壁桌也是一对情侣。落座之后我们一起去拿食物，然后先生烤，我吃。

没一会儿，隔壁桌有了小的争执声：

女生说：“你去不去拿？”

男生说：“我又不想吃，你想吃自己不会去拿？”

我有些控制不住转过头，女生察觉到我的目光，更加生气地说：“你去不去？！”

正在玩手机的男生无奈地叹了口气，起身去。之后这样的对话发生了好几次，只是都压低了声音。

我看着专心为我烤肉的先生，突然有一种幸运感。这种幸运感并不是先生专心为我服务且不需要我强迫的原因，而是我们相互尊重。

年少时的恋爱总是像隔壁这对小情侣一般，女生习惯性用男生为自己做了些什么来证明他对自己有多好，似乎言听计从就是所谓的爱。

我从前亦是如此。

遇到先生之后，我才感叹相互尊重有多美好。因为爱着对方，所以不必呵斥也会先为对方着想。

就像入了冬，出门时先生会为我准备好口罩和围巾，我也会提前为他准备好保暖的衣物。走在外面，他会习惯地握住我的手往他的口袋里塞。

有很多很多美好的画面，就像一张张明信片一般存在我的脑海里。生活中的一个个细节，才最易让人感动。不轰轰烈烈，不惊天动地，但细水长流。

在家时厌烦父母的唠叨，到了远方就变得异常珍贵。

在家时父母为你准备的饭菜，在远方时就混入了特别的味道。

孤独寂寞有心事的时候，朋友的聆听就是一种安慰。

累的时候，恋人的拥抱就是一种力量。

无助的时候，来自陌生人的一句问候就是一种温暖。

家人的爱、恋人的爱、朋友的爱，甚至来自陌生人的暖意，都是一张张美好的画面。委屈、难过的时候，翻出来看一看，若是别人温暖不了你，就学会温暖自己。

年轻的时候我总希望自己是独一无二甚至是冷漠的人，似乎只有那样才能够特立独行，与众不同；也似乎只有这样，才可以保护自己不受到伤害。可是，如今我更愿意自己成为一个温暖的人，带着善意行走在这个世界上。

愿你的生命中，总有不期而遇的美好。

第六章

当断则断，舍弃是门大智慧

我们的痛苦不是问题的本身带来的，

而是由我们对这些问题的看法而产生的。

舍得，有舍才有得

人生最怕的是什么？

是不该放弃的时候放弃了，不该坚持的时候又坚持了。如果，我们在处理事情的时候容易钻牛角尖，就会如同走进一个死胡同里，前方的路不通，又不知后悔，只能被局限着。适时懂得后退，便会发现原来退出这个路口，选择还有这么多，也许与最初的想法并不相同，前方的路可能不如预期，也可能带来惊喜。

每一次，总是试过了才知道结果。如果只是想象，永远也不会知道答案。

前文我们都说坚持，这里我们来说一说放弃。

放弃并不比坚持容易，一件坚持了很久的事，付出了努力和汗水，谁也不能轻易说舍就舍。

就如同盖一栋楼，将地基打得牢牢固固的却被告之这里是事故多发区不适合盖房子，需要另选地方，看着花了好多心血的地基只能放弃，否则就要承担将来可能很大的风险。

很久以前，一个人去请教智者。

智者带他到一条由五彩石铺就的小路，给他一个背篓，要他把小路上他喜欢的石头都捡进背篓里。

此人无论是什么颜色的石头都一一捡进去。终于，他双肩沉重得支持不住，一跤跌倒。智者见状，让他把最喜欢的石头留下，其余的统统扔掉。这样一来，他顿感轻松无比，很快抵达路的尽头。

虽说人的潜力是无限的，但我们的专注度和所能背负的东西总是有一个限度的。当这个度超过我们所能承受的范围时，就要有所选择。留下我们想要留下的，抛去我们背负不动的，这样人生才能更好地前行。

有一家公司在招聘的时候，出了一个很有意思的题目：

你开着一辆车，在一个暴风雨的晚上，经过一个车站。

有三个人正在等公共汽车。

一个是快要死的老人；一个是医生，他曾救过你的命，是大恩人，你做梦都想报答他；还有一个女人／男人，她／他是那种你做梦都想娶／嫁的人，也许错过就没有了。

但你的车只能坐一个人，你会如何选择？请解释一下你的理由。

回答有各式各样的，老人必须要救，因为这是人性的本能。但在医生和梦中情人的选择上却犯难了，有人觉得医生的恩德可以日后再报，梦中情人一旦错过也许会抱憾终生。也有人觉得医生的恩德不能忘，要带医生，再找机会去追求梦中情人。

这道题没有一个标准答案，但有一个人被录取了。他的回答是：将车钥匙给医生，让医生带老人去医院。自己下车陪梦中行人一直等车或是步行送她回家。

这便是舍弃，在我们有固定条件限制的情况下很少有人能开放思维，车上只能送一个人，很多人没有想过将车钥匙交出来，而是在三个人之中的取舍犯难。

其实很多时候，当我们犹豫不决、举棋不定的时候，不妨跳出事件的本身来看，将有限的条件放下，也许才能看得分明。

小智的梦想很多，他想当钢琴家，想当作家，想当发明家，还想拥有一家属于自己的跆拳道馆，他自己当教练。

他想只要努力就一定会实现自己的这些梦想，于是给自己制订计划，每天抽出不同的时间段来练习不同的东西。如清晨他通过阅读来增加自己的阅读量，对写作有好处；阅读过后他可以练习跆拳道，正好锻炼了身体；午后可以练钢琴，晚上研究自己的发明。每天的时间排得满满当当的。他确实也严格按着自己的时间表去练习。可一段时间过去了，结果却不是很好。

他记不住自己阅读过的内容，写出来的东西也不尽如人意，钢琴只是一般的水准，而跆拳道更是如此。

他想不通明明自己已经很努力了为什么还是做不好。懊恼的他开始埋怨自己，一定是不够专心或者是自己不够聪明才会导致这样的结果。直到母亲强制性地让他先放弃其他，专注一个方向时，他才发觉原来自己可以这么游刃有余。

他先将自己并不是那么热爱的写作、跆拳道和发明暂时放到了一边，专心弹钢琴。练了一年之后，便拿了许多大大小小的奖，不仅如此，还常常代表学校出去表演。

多而不专，是现代很多小孩的问题。很多家长为了让孩子发展得更全面，什么都要会一点。可是繁重的学习压力并不能让孩子很好地吸收学来的内容，还不如专门学习一门课程，将它学好、学精。

这也不仅仅是孩子的问题，包括我们成人也是如此。想要做好这个，想要做好那个，结果往往就是什么都做不好。

我记得最初开始接触公众号的时候，我的想法也很多。特别在想着只要在家里更新一些文章就可以获得粉丝，还可以赚钱，这还不容易吗？

于是我开始研究公众号的类型，有感情类的，有搞笑类的，还有美食类、专业类的。我脑海一下就蹦出了好多的画面，公众号还没有开始弄呢，已经准备好迎合广告商的类型去创建。结果我一口气创建了四个各式各样的公众号。

每天一醒来就先看看公众号有没有新加入的粉丝，偶尔有几个能让我开心半天。

但是慢慢地，我没有足够的精力将这四个公众号都打理得那么精心，时常更新了这个忘了那个，或者有时候太累太困或者时间来不及了就应付了事。很自然，没有多久，四个公众号粉丝不见涨，反而掉了。

我很难过，觉得自己如此努力，一个人经营这么多公众号多不容易！

那时候我认定了是自己的宣传方式有问题，否则我的公众号里有很多的文章和内容明明不比别人差，为什么就是吸引不了粉丝呢？

可惜的是当时我没有坚持下去，否则如果我关掉其他的公众号，只留一个自己擅长的，没准如今也是个大博主了。

如果当初我舍弃的是另外三个公众号，也许我成功。但我舍弃了所有的公众号，得到的就是更多的时间，可以去做更多的事。这便是有舍就有得。有时候我们看中的总是舍弃的那部分，却很少去发现得到的那部分，所以常常会觉得舍弃很难。

其实不然，只要我们去发现就一定会看到所得的那部分。

就像我放弃了原本的努力，但我得到了时间，如果我用这个时间好好去经营自己擅长的事物，也许我还会得到更多。

有时我们要拥有不撞南墙心不死的坚毅，更需要拥有审时度势判断取舍的果断。

这样的朋友，舍弃吧

我曾经在一个公众号的文章里看到这样一句话：和一个人能否成为朋友的关键应该是你们是否能聊到一起、玩到一起，而不是这个人将来能用得上或是这个人将来能帮到自己的忙。

如果连交朋友都这样功利的话，这样的人注定会孤独。

因为没有人敢和这样的人真正交心，哪怕戴着的面具再完美，时间一久，别人也会远离。时下的流行语“塑料姐妹花”“表面兄弟”说的便是这种表面上友好，背地里却各自打着小算盘的友谊。也有人会说，哪有真正的友谊？只是没有利益的冲突而已，一旦有了利益的冲突，所谓的友谊根本不堪一击。

如果一个人的生命中所遇到的朋友都是这样的，那么这个人除了可怜，更应该反省一下自身，是否自己带着防备心，所以才让别人也不敢与自己交心呢？

这一生我们会认识很多人，除了亲人和爱人，大部分都称之为友人。但真正的朋友，无须多，甚至只需要一个就足够了。

贺之怒气冲冲地说，他被背叛了！他曾经拿小赫当朋友，可是万万没有想到原来自己根本就像个傻子一样被他耍着玩。

原来，贺之和小赫是大学同学，一个宿舍还上下铺，姓氏还同音，一来二去就成了好哥们儿。大学还没有毕业，贺之就已经被一家公司相中内定，毕业后直接就可以过去上班了。小赫就没有贺之这么优秀、幸运了。大学毕业之后，很久都没有找到工作，不愿意回老家，身上又没有什么钱。贺之见状便让他来和自己同住，在小赫还没有找到工作之前房租全是贺之交的，他也从来没有计较过什么。

不仅如此，小赫找工作的阶段，贺之一定会带两份晚餐，有时候还会拿些零用钱给小赫，直到他找到工作。对于这些贺之一直没有计较过，他觉得既然是兄弟，这些钱财没什么好在意的，能帮一把就帮一把。

事情从贺之无意间拿了小赫的手机开始，屏幕上自己追求了很久的女生发给小赫一句："真没想到他是这样的人，在我面前装得一往情深，还好我没有被他骗！"

他心中猜测了无数个人也不愿意相信她说的是自己，可是剧烈跳动的心无法骗人。他几乎颤抖着解锁小赫的手机，看到他们二人的对话。

贺之说，如果不是看到手机里的内容，他真不知道原来小赫居然把他说得这么不堪，甚至造谣他同时交往多个女朋友，而那个女生不过是贺之准备玩弄的下一个对象而已！不仅如此，在小赫的手机里还有好几个贺之的客户，小赫不停地在背地里说贺之的坏话，唯一让贺之有些安慰的是，客户并没有相信小赫的话，还有一个客户直接反驳："为了抢客户能出卖自己朋友的人，我也无法相信你的品质。"

贺之气坏了，他想不通，自己把他当兄弟，事事为他考虑，为什么他要这样对待自己？他想将手机拿到小赫面前问个究竟，可是最终他只是把手机放回原处，找了个机会让小赫搬走，之后再也没有联系过。

这件事他也再没有提起，可是聚会的时候老同学们看他的眼光都怪怪的，不用猜也知道，贺之把小赫赶走之后，小赫又在后面说了许多贺之的坏话。

有时候好心不一定会得到好报，若是你一味对一个人好而那个人却不懂得感恩的话，这样的朋友还有什么意义？有时候友情和爱情一样，一个人是无法支撑起来的，就像贺之和小赫。对于小赫而言，他心中怨怼的是贺之的优秀、贺之的资助以及贺之的高高在上，哪怕贺之表现得再正常，自卑的心态也会让小赫有各式各样的感觉。甚至还存在他明知道贺之没有，但他就是要诽谤他来平衡自己内心的阴暗。

我记得《芈月传》里有一个小细节，到了秦国之后芈月受到秦王的宠爱，条件比在楚国的时候好多了。芈姝生了公子之后，芈月送了个金锁，这让她不开心了。她说："从小到大，这么多年，只记得凡是我有的，定是她没有的，只有我给她东西，何尝有过她给我？如今，却倒过来了。"

这便是一个人的心态，哪怕不是在后宫，在现代日常生活中，一直什么都不如自己的朋友突然过得比你好了，很多人的内心都会不舒服。

但如果是真正的朋友，内心一定是期待他过得好的。

1962年，作家刘白羽由北京到上海治病。当时他的长子滨滨正患风湿性心脏病，他放心不下，便让滨滨也到上海看病。遗憾的是，由于治疗效果不佳，滨滨的病情不见好转，又要返回北京。刘白羽万般无奈，只得让妻子带病危的儿子回家。母子俩回北京的当天下午，刘白羽心神不定，烦躁不安。

这时，巴金、萧珊夫妇来到了刘白羽的病房。两人进门后，谁都没有说一句话，默默地坐在沙发上。其实他们非常了解滨滨的病情，都在为他担忧，生怕路上发生意外。病房里静悄悄的，巴金伸手握住刘白羽微微发颤而又汗津津的手，轻轻地抚摸。萧珊则一边留意刘白羽的神情，一边望着桌子上的电话。

突然电话响了，萧珊忙抢在刘白羽之前拿起话筒。电话中传来母子俩已平安抵达北京的消息后，三个人长长地舒了口气，脸上都露出了笑容。

原来，巴金估计那天北京会来电话，怕有噩耗传来，刘白羽承受不了，于是偕夫人萧珊专门前来陪伴他。当两人起身告辞时，刘白羽执意要送到医院门口。他紧紧地握住巴金的手，一再表示感谢。巴金却摆了摆手，淡淡地说："没什么，正好有空，只想陪你坐一坐。"

真正的友谊是不需要金钱利益来维持的，甚至有时候都不需要言语，只要在身边便会很安心。

收获友情，需要用心去交流，用心去对待朋友，除却原本就自私、不懂感恩、内心阴暗的人，大部分的人还是懂得珍惜来之不易的友情。毕竟，很多时候我们的心事不能和亲人说，但只要有朋友在，就不会寂寞。

这样的爱情，舍弃吧

有一段时间，我总能听到很多人和我说他们的爱情故事，末了总要问我：“你觉得我该放弃吗？”

我记得那段时间里我说过最多的一句话就是：爱情应该是让人感到幸福的、快乐的、安心的，哪怕没有在一起，哪怕生活压力再大，哪怕工作再辛苦，只要想到那个人，想到和她的将来，就会变得很有动力。如果一段爱情带给你的都是痛苦、纠结和猜忌，那么还是放弃吧。

我们总说无论怎样的爱情都会给我们带来成长，可是一段不好的恋情带给我们的成长是无奈、苦涩的，像拔苗助长般地被迫成长。

如果一段爱情带给你的痛苦比带给你的甜蜜要多得多，你还强行抓着不放，最后会伤得更重。

电影《我的早更女友》里，周迅有一段台词至今都让我印象深刻：

这场恋爱就像拔河，我们都希望对方爱自己更多一点，拼命想要赢得比赛。

但我忘了，在绳子的那一端如果对方先放手了，你只会摔得头破血流。

我在这个梦里沉睡了七年，醒来的时候他已经到达了彼岸，而我却不知身在何方。

那时还陷在上一段恋情中无法自拔的我，分分钟就对号入座了。

可是当我走出来之后再回头去看时，会发现其实当初所谓的坚持、一个人的固守都没有值不值得一说，它只是自己的一种选择，而我们每个人都会为自己所选择的路付出相应的代价。

有段时间我迷恋上了一款手游，在游戏里我认识了好几对情侣。游戏设定也符合情侣一起玩，可以结婚生子，还可以有夫妻间的亲密度。

其中，我和一名叫艾艾的女生玩得最好，除了游戏我们还常常聊一些生活中发生的事。而她最常和我说的便是游戏里她的另一半“猴子”。她自己也说不清到底是什么时候就开始喜欢上猴子的，也许是大家的起哄，也许是在游戏里他为她打榜送花那一次，总之，她喜欢上他了。

可是她琢磨不透猴子时冷时热的态度，有时候说错一句话便要追在他的身后道歉，常常一道歉就是一整天，委曲求全，卑微至极。每次我问她为什么要这样委屈自己时，她总是说偶尔他也会待自己很好。比如艾艾生日时，他会在另外一个城市用APP为她订好蛋糕和鲜花，比如他不允许她玩太迟，不然就会和她生气。但更多的时候是，在我们所有人的面前猴子也可以随意数落艾艾，分明做着谈恋爱的事却总也不说一句表白的话。一到夜里便消失不见，不给手机不给住址，甚至连微信都没有加，只用QQ联系，更别提介绍她给他现实中的朋友。

艾艾苦恼的时候便会来找我，看着她热情如火的样子，那句“其实他只是不那么爱你而已”始终说不出口。我帮她想办法，看着她开心，看着她失落。直到最后，一个女生上了他的QQ找到艾艾，一切才真相大白。

原来，他现实中已经有了女友，而女友也知道艾艾的存在，最初的不在意是以为他们只是一起做任务，到后来女友看不下去便出面了。

之前所有的隐瞒一下顺理成章，艾艾被动成为小三。

令人气愤的是，不久之后猴子找到我，问我是否可以劝艾艾仅限游戏和他恋爱。我将他臭骂了一通之后便不再理会，可是我猜测的事情还是发生了。

在得知他有女友之后，艾艾向我哭诉。每当我说猴子不好的时候，她便会为他找尽借口并坚信他一定是对自己动了心的。所以，当猴子回来提出这样在我看来完全是无赖式的要求时，艾艾还是答应了。

结果可想而知，最终猴子还是离开了艾艾，删除了游戏，从此再也没有出现。

艾艾可怜吗？

可我却觉得正应了那句“可怜之人必有可恨之处”。

在最初不知对方已有对象的情况下，她付出到连自己都感动了，换来的也不过是对方随意发脾气和数落。连旁人都看不下去跳出来为她说话时，她还是尽全力去维护他，甚至在被他嘲笑过后还说“我没事，我不在意的”。

如果一个人的心可以拿出来这样被人肆意践踏，那么还有谁会觉得应该去珍惜呢？

爱情里最怕的就是感动天、感动地，把所有一切都感动了就是感动不了他。明明知道对方不是那么爱你却还是委曲求全，就为了偶尔的那一点好。有人将这称为伟大，也有人将这称为犯贱。

之后更不必说，守不住道德底线的人，更不值得同情。

还有些爱情，是在两难之间。

舍不得放手，又无法继续，怎么办？

很多人陷在其中，反反复复。特别是白天和夜里，两个决定，两个极端。常常是刚说服自己不顾一切去爱后，因为一点事又开始反复，不想要了。可是只要想到放手，心便是一阵疼，这样的反复太折磨人了。

爱情，最怕的便是消磨。

当热情被消磨殆尽时，当最后一点期待都已经变为绝望时，唯剩下内心最后一丝不甘心，这样的恋爱该如何继续？还该继续吗？就像很多人在网上寻找一个“他到底爱不爱我”的答案，有时候未必真的就是去寻找“爱或不爱”，而是寻求一个肯定。

游戏中的另外一位朋友，男性，二十出头的大好年华，在游戏中迷恋上一位女生。和艾艾一般，说不清是什么原因，就是一种感觉让他无法自拔。好多次因为和那位女生吵架，就跑去喝酒，然后在群里胡言乱语。

我们一直以为，他们是在恋爱的，至少当他截出一部分甜蜜的对话时，在我们看来都是情侣之间才会发生的对话。直到有一天，那位女生的朋友跑来对他说：“不要再去纠缠她了好吗？别最后追求不成就到处说是分手，人家根本没和你在一起，请你认清自己，自重一些！”

他当时就崩溃了，跑去问女生到底是什么意思，难道这么久以来他们之间都不是在恋爱吗？

因为她生病，他远程购药。

她没有安全感，他就不和其他女生瞎聊，专心陪她。

她不想异地恋，他承诺年后便辞职去她的城市。

她觉得孤独了，他马上订了动车票，抵达她的城市、却被告知她已经出去玩了，便自己灰溜溜地回去。

他从未怪过她，一切以她为重。最后她的朋友却来告知这样一段话，他怎么能不伤心？女生在看到他的质问之后，将他拉黑了。没过多久，又加了回来，说了一句："我也很为难，我不敢给我们希望，但是……"

原本熄灭的希望，在她的一句犹豫中又重新燃起，他对我们说，知道自己可能是在犯贱，但他就是喜欢，他想去试。我们无话可说，只能随他去。

真正让他死心的是，女生无意间把和别人的对话发给了他，那句话是："他真搞笑，一个游戏都能当真，还这么一往情深。"

他以为自己会难过，会伤心，会抓狂暴走，可是他看到那一句话后除了心猛地一沉之外，反倒格外冷静："你说的是我吗？"

女生再一次将他拉黑，从此再没有出现过。

很多人说，可以不爱但不要伤害。可是当爱上一个人，他的不爱就是一种伤害，只是那种伤害是在可以承受的范围内的。但如果一边接受着爱意，一边做着情侣之间才会做的事，最后却以一句"不敢"来解释，甚至嘲笑别人付出的真心，这样的恋情还有往下走的意义吗？

哪怕是最容易让人迷失的爱情，也应该保有自己的尊严，别让自己最后都看不起自己。

握不住的沙，不要也罢。

这样的习惯，舍弃吧

我有熬夜的习惯。

特别是不用坐班之后，几乎每天晚上都在熬夜，好多次我都想要改变这种生活习惯，可是一到晚上就变得非常精神，我知道我的生物钟已经习惯了这样的作息规律。时常熬夜带来的结果就是我常常会偏头痛，每次偏头痛发作的时候都恨不能拿脑袋去撞墙，但好了之后又继续熬夜。

直到身体机能出现了问题，在去医院检查之前心中的忐忑至今记忆深刻。

好在检查结果没有出现大问题，但再熬夜的时候便会想起那种忐忑的心情，之后便开始强行要求自己更改作息时间。除了赶稿其他时间尽量早睡早起，多做运动。

坏习惯总是让人容易习惯，这就是人性的弱点。坏习惯常常都是伴随着自在、懒散、没压力，轻易就征服了我们，让我们沉迷于此，很难改变。可坏习惯带来的结果往往是我们预想不到的，也许它不会一下就来，但时间一长我们的生活就会受到影响。

粗心大意、丢三落四、拖延症、找借口、推卸责任、不敢面对的逃避等等，都是正在腐蚀我们生活的蛀虫，只有战胜它们才能迎来更好的生活。

杰森和约翰是邻居，他们的家坐落在离小镇两公里远的山坡上，那里空气清新，景色宜人，而且每到春夏交替的那段日子，山花与松叶所散发的清香就会弥漫整个山谷，惬意极了。然而美中不足的是，在通往他们两家的路上，有一棵胡杨树挡在路中，每次开车路过时，他们不得不小心翼翼地绕过它。

一天杰森和约翰在路上相遇了，他们商量要把这棵树砍掉，并且约翰想要明天就动手。

“可是、可是我明天有一件非常重要的事情！”杰森说。

“那么就过几天好了，我想我们会干得很好的！”约翰耸了耸肩说。

然而事情的发展并没有像约翰所预想的那样。几乎每次谈及此事，他们都会有一些意外的事情要去处理。就这样，日子一天天地过去了，一年、两年、五年、十年、二十年……当他们须发斑白的时候，一天，两位老人再次在树旁相遇了。

“老伙计，我们真的应该把它砍掉了，要不然琳达和凯森他们会在这儿出事的。看，这家伙的体形越来越大了，占据了半条路的空间。”约翰望着已经长得粗壮如柱的胡杨树说。

“是啊，这么久了，我们还是没有砍掉它，这回我们该用锯子锯喽！”杰森边说边蹒跚着向家里走去，他决心用小钢锯锯断它。

可是，由于他们已老迈，再也拉不动那把小钢锯了。

这是在网上看到的一个关于拖延症的小故事，很多需要处理的事情就像是故事中的胡杨树，一直拖延着不解决，最后的结果就是不断地发酵，让事件变得越来越大，最终想要解决的时候已经无能为力了。

大多数的成功者，执行力都很强。因为他们清楚，拖延就是浪费时间，而时间是成功极为重要的一个因素，我们需要和时间赛跑。而改变也没有我们想象的那么难，就像是刚开始运动的人，最难的便是坚持。突然运动会让我们浑身酸痛好几天，可是只要坚持下去，时间一长，哪怕有一天偷懒一次都会觉得有些奇怪。

有些人还没有开始改变就已经觉得自己一定做不到，或是想到改变后必须遵守自己制订的计划，一想就开始退缩，缺乏勇气去尝试，缺少毅力去坚持，这样的人很少会有机会可以靠自己的实力去获得成功。其实，去试一试，便会发现没有我们想的那么难，一旦改掉自身很多坏习惯之后，会发现同样的事情再去处理的时候，结果会完全不同。

生活的惊喜，从来都是靠自己去创造的。

讲一个离我最近的故事。

同事小林，一个有点死脑筋的小姑娘，在我们看来她是不知变通的，明明有些可以偷懒的事情，她从来都是一丝不苟地做着。

但必须强调的是，她虽然有些固执，但待人真诚、有礼貌，这也是我们能和她成为好朋友的原因。

她有一个习惯，每天记录自己完成的工作、未完成的工作，并且将其中的原因写下，雷打不动。每周例会前，我们都在赶着做表格时她完全不需要着急，因为她早已经写好。不仅如此，她有好几个小本子：一个本子专门记录来往的作者、编辑、美编等等人员的联系方式；一个小本子专门记录每个作者的交稿时间和习惯、出版社的风格和编辑的习惯；一个小本子专门记录自己一天值得奖励和应该批评的事；还有一个小本子记录着自己的工作进度。这么多个小本子，在我们看来完全没有必要，有些用脑子记住就好了，有些手机就可以代劳，每次我们皱眉看她认真记录的时候她都会笑着说："我笨，好记性不如烂笔头。"

到了年底时，小林的业绩比我们所有人都高出了一截。我们也不得不承认，是那些在我们眼中浪费时间、不起眼的小本子发挥了作用。

看似记录，其实是分析的过程。当我们回顾一天的工作时，会发觉自己的不足在哪里、方向是否错误。总结的同时可以引导我们完善自己的工作方法。

其实这样的方式在学校的时候老师就教过我们：每天回去除了做作业，还要温习课堂上的内容以及预习明天要讲的内容。只是我们进了社会之后，习惯用自己觉得省时省力的方法去工作，常常便会粗心大意、丢三落四。

而一个好的习惯，看起来也许不是那么聪明，还有点死脑筋的感觉，但给我们带来的益处远远不止眼前所收到的回馈，还会影响我们今后走的每一步路。

这样的生活，舍弃吧

自由、不受拘束、无忧无虑、想做什么就做什么的生活，人人都向往。没有负担，没有压力，不需要顾虑别人的看法，多轻松。

可生活中若是没有人为你负重前行，这样的生活永远不可能实现。就算是有人为我们承担了生活中所有的压力，也会有各式各样的烦恼和不顺心。很无奈，但这就是生活。

每个人想要的生活都不一样。

有人想要一个小院，没有太多的追求，和心爱的人平平凡凡到老。

有人想要奋发图强，追求好的生活，在都市里打拼出一份属于自己的天地。

有人想要追求梦想，脚踏实地一步一步去追求，然后经营自己的梦想。

生活，没有对或错，只有结果。只要这个结果是自己想要的，所过的生活是自己所想的，那么就是对的。

可若是追求的生活是自私自利不顾别人感受，只贪图自己轻松自在、享乐，终有一天这样的梦境会醒过来。因为父母会有离去的那一天，再爱你的人也可能有变心的那一天，只有靠自己打拼出来的那一片天，才是真正牢靠的。

小马今年28岁，高中毕业之后就没有再上学了。起初也是有干劲儿的，虽然没有考上大学，但他的目标很清楚：他要去学开挖掘机。理由也很清晰，在他的家乡开挖掘机赚钱快且多。

于是他跟父母要了钱，拜当地的一位老司机为师，刚开始的时候每天清晨早起和师傅出去开工，有时候加班到深夜，与之前想的大相径庭。他一直觉得开挖掘机很轻松，每个月只需工作一段时间，其他时间都可以休息，可是他没有想到自己刚开始学习就赶上一个工程，连续一个星期都待在工地上。

还没有学成，他就跑回去诉苦，无论父母怎么劝都不愿意再去了。

那次之后，喜欢上网的他在当地找了一家网吧当网管，可是北方的冬天太冷了，他根本起不来，不是旷工就是迟到，最后被开除了。

之后他就一直没有再工作过。

父母每天给他一些零花钱，他除了上网玩游戏就是吃饭、睡觉，没有其他的娱乐活动，更没有想过自己是否应该独立。他的同学也曾羡慕他的生活：什么都不用想，什么都不用考虑，饿了有人做好饭，没钱了家里会给，衣服有人为他洗，完全不用承担生活的压力。

最初他还有些不好意思，毕竟是啃老，心中还是有些不安，便想着冬天过了一定去找工作，或者自己学习一些手艺。可是懒散是多可怕的一种习惯，想要改变并不容易。他就这样一直拖下去，直到今年 28 岁了，依旧靠着父母的支援生活。

我们不去想小马的父母太过溺爱的原因，只假设有一天父母老去，不再有能力供养他的时候，他应该如何生活？没有生存技能，连起码的生活能力都没有。不愿意出门，和社会脱节，跟不上时代，年纪又大的时候，不要说好的生活，连生存都成了问题。

父母不会是我们一辈子的保护伞，他们会有老的一天，会有无能为力的时候。如果那一天到来，对于小马来说，无异于世界毁灭。

这样的生活习惯，早一点舍弃便是早一点的自我拯救。旁人的责骂、鼓励都比不上自己踏出去的那一步，人生说到底，还是要自己为自己负责任。

在一些励志的公众号里，我总会看到很多类似的经历：一个女人嫁给一个男人，靠着男人过着奢侈的日子，一旦步伐跟不上的时候，男人就会出轨，然后留下她独自迷茫地面对这个陌生的世界。

虽然并不是每个男人都会出轨，但依靠别人而活的生活，始终是没有安全感的。

艳的生活是让人羡慕的。

在上海拥有两套房子，丈夫有一家属于自己的公司，儿子也很优秀，两边的老人都有自己的退休工资，根本不需要他们负担什么。身边的朋友都羡慕她，觉得她后半辈子不需要发愁了，安心在家当自己的上海富太太就好了。

可是艳从来没有放松对自己的要求，生孩子之前她在公司上班，哪怕薪资都比不上她先生赚的零头，但她也从来没有想过辞职。有了孩子之后，先生希望她可以安心养胎，生了孩子之后先生希望她可以在家带带孩子，她都答应了。

在这个过程中，她坚持学习语言、看书，不仅将家打理得井井有条、温暖舒适，更培养了自身的价值。比起生孩子之前，她的能力更强了。

别人问她，这样拼命是不是害怕男人有钱就变坏了，给自己留一条后路？

她说，她并未想到那么坏的结果，至今她仍然是相信自己的丈夫的，之所以这么努力并不是害怕失去后无法生存，而是看到自己的先生每天那么忙碌，回来还精心照顾她，她便会觉得心疼。

她很明白，生意场上瞬息万变，假设有一天先生失去自己的事业她还可以站出来帮他，而不是在那个时刻变成他的负担，让他的处境变得更加难。

懂得感恩的人，总会得到生活的回馈。想要轻松自在的日子，当我们还没有这样的资本时，千万不要放松自己，时刻为自己铺好路，未来的人生才不会艰难。

我喜欢艳这样的女生，不依赖，独立又温暖，而不是理所当然地觉得男人本该负担起一个家庭。

独立，是我们在成长过程中不断学习的一门课，精神或经济。哪怕现在的生活再完美，也不要放弃为自己充电的机会，只有享受到自己的精彩才会知道，原来拥有能力是这么令人安心、快乐的一件事。

第七章

勇敢点，对这些人说“不”

成全有时候未必是美德，

拒绝也不是一种罪过。

朋友，我们的生命中的一束光

从古至今，流传下来的关于朋友的诗与歌都不少。友情是一个人生命中除了亲情和爱情之外非常重要的存在。友情，也是生命中最值得珍惜的情感之一。一个好的朋友，可以带来许多的正面影响，可以在你得意的时候泼冷水让你冷静，可以在你失落的时候陪在你身边，鼓励你东山再起，也可以陪你聊心事、打游戏、吐槽等等，那些不适合和家人谈的压力、心事，有了朋友就不会再觉得无处可说。

如果这世界上有一个除了亲人和爱人之外的朋友，不会因为你的际遇而改变对你的态度，这样的朋友请务必好好珍惜。

相反，如果这世界上有人因为你人生的“起”和你结交，因为你人生的“落”而疏离，这样的人够不上“朋友”这个称谓。所谓朋友，应该是心与心之间的交流。

你身边有没有这样一种朋友，喜欢拿别人的短处甚至是私事开玩笑，还觉得自己幽默风趣，若是你生气了便是你开不起玩笑、小气，好像天下所有的道理都在他那里一样。

小辰就有一个这样的朋友，名叫小莉。

两个人都是刚走入社会，进了同一家公司当实习生，在那一批实习生里只有她们两个表现得非常优秀。也是巧合，两个人住的地方还特别近，为了节约房租，小辰提出了合租，小莉立刻就答应了。

住在一起之后，两个人一起上下班，一起吃饭，一起担忧明天，感情升温得很快。小辰内敛，小莉风趣，公司里的人都说这两个小女孩就像姐妹花，刚好互补。小辰也特别羡慕小莉的个性，和公司同事的关系都处理得很好，午休时间经常看到她和大家聊在一起，常常她说一句话就惹得大家都捧腹大笑。

后来，两个人一起通过了实习期，正式成为公司的一员，小辰紧张的情绪终于放松了。她想着自己的个性也太内向了，不能像小辰那样成为大家的开心果，至少要学会和别人沟通交流。

于是，在午休期间她走向正在聊天的人群，可是小辰发现大家突然就不笑了，甚至有些安静，还有些同事藏不住笑容，眼神还往她身上飘。

“你们在说什么呀？”小辰有些尴尬，怎么自己一来就冷场了？“没什么呀！”一位大姐回了一句，又哈哈大笑起来。

她望向小莉，小莉根本没有正眼看她，而是回了大姐一个“你懂的”的眼神，两个人又疯狂地笑起来。小辰就是再不敏感，也察觉到一些，顿时满脸通红。

“哎呀，你看你们把小姑娘吓得！”一位同事拉了小辰一把，压低了声音说，“听说你怕进不了公司经常紧张得把牙膏和洗面奶都弄错了？”

“你是不是上次做错文件之后，吓得回去的路上还摔了一跤？听说、听说还打了好几个滚，哈哈哈哈……”

“还听说你看到周总经理紧张得话都说不出来，居然把人家的姓都叫错了。”

“……”

从那位压低声音的同事开始，一连串的问题像是弹珠似的弹到小辰的脸上，生疼。她紧紧握着拳头看着小莉和她们一起开怀大笑，那些她曾经的窘事对其他人而言都是小事，可是对于她的当下却是关乎生存的大事，她没有想到小莉居然会将这些当成笑话说出来。

若是小辰的个性大大咧咧，也就一笑而过了，但小辰不是，她直勾勾地瞪着小莉，委屈、气愤一下就涌了上来。

“又不是什么大事，你还真生气了？怎么这么小气？我们也都没有恶意啊！”小莉看了她一眼，又问周围的同事，“对吧？”

“好了好了，小辰，这真不是什么大事。谁还不是从你这个阶段过来的？大家都一样，别太放在心里。”

同事们又纷纷安慰道，一时间，小辰觉得好像真的是自己太小气了、太在意了。可是她气的并不是旁人的嘲笑，而是她一直信赖的小莉。她难过的是小莉将这些当作谈资，让她沦为一个笑柄。

后来没多久，小辰就搬了出去。小莉更是生气，她觉得那些根本无伤大雅的事，小辰是小题大做。之后，两人的关系也变得很疏远。

有一句话说得好，当被玩笑者觉得你所开的玩笑不好笑，那么这就不是一个玩笑，而是一种伤害。

当我们把信任给予一个人的时候，这个人就拥有了伤害我们的武器。就像是文中的小辰和小莉，也许小莉也觉得委屈，那些事在她看来根本就是小事，分享一下怎么了？可是对于小辰而言，那些窘迫是她的脆弱、无助，她以为小莉是一起成长的伙伴，结果伙伴变成了嘲笑她的对象，比气愤更多的是伤心。

我和小初的友谊是从2008年开始的，至今我们相识了十二年，做了十年的闺密。很多读者都知道我和她的关系，在我不写书、不更新微博的日子里就有些人会跑到小初的微博里去问我的情况。也有小初的读者常常跑来我这里，问我小初什么时候再写些小说。

我们都有一种感觉，此生遇到如此知己，足矣。

写到关于友情这一篇，我自然而然地就想到了她。

2008年，北京奥运会，我们在北京。那是我们在网上认识之后第一次见面。就像小辰和小莉一般，我们合租了一个单间，那个套房里住了好几户人家，每天我们为了不迟到抢卫生间，为了做第二天带去的午餐在厨房里排队。

后来，我们一起去了广东、福建、东北等等地方，或是工作或是写文，总有一段时间是分开然后又相聚的。

最初我们也总是吵架的，为了各自的想法争执不下，然后谁也不服谁。

神奇的是，虽然我们的讨论是从各自的观点出发，最后却总可以讨论出一条新的思路来。我们也曾经猜疑过彼此，也曾经竞争过，也冷战过。我们一起恋爱，一起失恋，一起享受过许多美景，也一起经历了最低谷的时光，最后成为彼此生命中最好的朋友。

回忆起来，我们曾经因为各自的事情半年不联系，可是当某一方有解决不了的心事时，第一个想起的还是对方，一旦联系就会发现，感情并没有因为我们暂时的不联络而消散。

该怎么形容这种相处呢？

就像如今，我们不在同一个城市，靠着网络沟通，有时说着话对方突然不回答了，第一反应便是她有事去忙了，而不会焦虑她为什么不回答我。

有那么一段时间，我懒散在家，不写文也不工作，每天遛遛狗、做做饭，小初便焦虑得不行。那段时间里我们的对话都是从她的“小妞，出来有活接”开始，她总是害怕我失去斗志，没有自己的事业，只能依附别人而活。

真正的帮助，是授人以渔，而不是授人以鱼。

有了这样一个朋友，便会对自身要求更高，因为我们都希望有一天在自己有能力的情况下，可以带着对方一起去实现梦想。

真正的朋友，并不害怕争论或吵架，哪怕有些观点不同，也可以各抒己见。

而今，2018 年，我想对这段十年的友谊说一句：有她真好，更愿我的小初能找到真正属于她的幸福，不止爱情，还有其他一切。

我们便是彼此生命中的一束光，无论悲伤喜悦、低落迷茫、恋爱失恋、摔倒失败，都会因为世界上还有一个她，而觉得未来一片光明。

那是一种盛开在远方的美好，明亮而永不凋零。

瞧，那个亲戚又来了

每逢过年倍忧思。

写这本书的时候，又逢过年，一想到走亲访友，我就有些头大。

我当初开公众号的时候，有一期就写到了关于亲戚之间到底应该如何相处的问题。那一期留言特别多，好的不好的，温暖的奇葩的都有。哪怕是一个家庭的人，也会有各种不同的个性，俗话说上下牙还打架呢，何况是拥有独立思想的人。

但遇到有些奇葩亲戚，真的就无法原谅和相处。

有些朋友性格隐忍一些，最多对那些奇葩亲戚不加理会，有些人性情火暴一些就直接反驳过去。其实只要不是真正伤害到自己或家人的，都属于内部矛盾。

当然，这样的矛盾就是属于我怎么说都可以，因为那是我的亲戚，但别人欺负就不行的那种。

关于是否“奇葩”，不同的人就会有不同的看法。

就如借钱时理直气壮，觉得你有钱就应该借我，因为我们是亲戚。

有些人，特别是老一辈的人，总会觉得都是自己家姐妹（兄弟），帮一把又不是什么大事，无所谓的，你不借便是你这个人没良心。有些人便会觉得，我的钱也是用自己的血汗换来的，借你是情分，不借你也属正常，我没有这个义务。

这里，不提太多有关于借或不借的故事，因为有太多的案例。想给大家分享一个关于“抠门”的亲戚，让人又好笑又生气的一种经历。

小西的父母一共生了两个孩子，一个是她，一个是哥哥。父亲早年离世，母亲在近年也因病去世，只剩下姐弟俩相互扶持。

后来两个人都成了家，居住的地方也不远。小西没有想到结婚之前那个通情达理的嫂子，在结婚之后突然就变了一副面孔。

最初是过来借锅借碗借洗洁精，油盐酱醋也没少借，几乎每一段时间就会过来扫一次货。

有一次，小西忍不住问她：“嫂子，你家门口就是超市，去那儿不比我这儿近多了？”

嫂子一听脸就黑了，回去就和丈夫告状：小姑子太小气，我力弱扛不起米，借点米她就数落了我一顿。

不明真相的哥哥当天就背了一袋大米扔在了小西家门口。

原以为嫂子生气之后不会再来了吧，可是没多久又来了，仍旧是什么都拿。若是真的计较又显得自己太过小气，若是不计较，这常年累月也不是一笔小数目。小西的丈夫生意刚刚起步，为了支持他的工作，小西也是节俭度日，小西更怨自己的哥哥有了媳妇之后就不为自己考虑，太过自私了。

后来，嫂子怀孕了，这本是大喜事，可是之后的日子更是让小西苦不堪言。

最初只是让她在网上购买一些婴儿用品，小西觉得为自己的大侄子买也无所谓，所以每次嫂子说下次再给你钱便没下文后，她也没有计较。再后来，小西的嫂子干脆就住到她家中，小西依旧没有计较，嫂子怀孕了没有人照顾，自己能帮一把是一把。

生了孩子，坐了月子，小西忙得焦头烂额，嫂子还要抱怨："你那个工作能赚多少钱嘛，干脆辞职在家好好照顾我得了。你这样天天要上班，有时候我饿了都没个吃的！你就不能替你哥想想吗？"

小西觉得自己真是一片好心喂了狗了，怎么她提出这样的要求就这么理所当然？更可气的是，自己碍着亲戚的情面不好直接反驳，只能忍下这口气。

坐了月子之后，嫂子还是没有搬走。孩子常常夜里哭闹不止，嫂子也从不去理会，丈夫常被吵得休息不好，忍无可忍地问小西：“你嫂子到底什么时候走？这孩子倒像是我生的，要我这样养着！”

小西有苦难言，里外不是人。

小西委婉地和嫂子说了之后，她回答：“睡不好让他和你大哥去睡嘛，正好他一个大男人在这里我也不方便的。”

那一刻，小西真是快气炸了，她直接说道：“这里是我家，我对你照顾得够好了，如今你月子也坐完好几个月了，也该回去照看一下我大哥了吧！”

嫂子回去了，小西却落得一身骂名，连街坊邻居都说小西拿着哥哥给的补贴却不帮着照顾嫂子。可是天知道，小西从头到尾就没有收到过一分钱的补贴。

有时候她都想，干脆断了这门亲戚得了。可是当哥哥过来提出要求的时候，她又心软了。周而复始，夫妻之间的矛盾也越来越大，小西觉得累极了，无论自己怎么做都会有人不满意，干脆最后谁也不理会，专心过自己的小日子，落得一身轻快。

我曾以为人都会有底线和良知，会有不好意思的时候，可是网络的大门打开后，就会发现原本的“我以为”居然这么狭窄，这世界上有太多我们无法理解的人，真实地存在着。

不久前还看过一个求助的读者留言。

小北外出打工认识了一个男生小楠，小楠为人勤恳，性格温和，处事落落大方，又有着不错的工作，小楠追求了小北没多久，两人便确定了恋爱关系。

小北和小楠相处得很愉快，很自然地就到了谈婚论嫁的地步。当时的小北觉得虽然自己并不了解他的家庭，但至少这样勤恳的人，不会让自己吃太多苦。只要他上进努力，哪怕没太多存款，自己也心甘情愿嫁给他，和他一起努力。

可是快结婚了，小北才知道，小楠住的房子是租的，身上没有一毛钱的存款不说，外债还欠了不少。

小北不解，小楠也工作好多年了，怎么会不但没存款还欠了那么多贷款？而且她以前听小楠提过，他爸妈住的房子如何装修的，听得出来他家的生活条件并不是太差，怎么也不至于欠那么多贷款还不了啊！

经过小楠的解释，小北才知道，原来他父母的房子是小楠买的。

几年前，小楠刚工作没多久，他父母便跟小楠商量，说是他弟弟没有工作，谈了女朋友，结婚要用房子，老房子便给他弟弟做了婚房，他父母和他一起租房子住。他想想，觉得自己既然有能力，就该帮弟弟一把，便同意了。

后来小楠工作存了一部分钱，小楠的父母又找他商量，说是和他租房子生活费用太高，而且租来的总不是自己的，没有归属感，希望小楠能掏钱帮他们买一套房子。小楠开始觉得自己也还没多少钱，买房子压力太大，便把自己的想法跟父母说了说。

小楠的父母立刻哭闹，说自己辛辛苦苦将孩子拉扯大了，孩子就不认爹娘了，说当年为了供他上大学，砸锅卖铁饭都不舍得吃，现在连套房子都舍不得给父母买。

小楠心生愧疚，觉得自己现在每个月工资不低，就算给父母买了房子，手里的存款付个首付还有剩余，再勤奋一点，要不了几年便能还清贷款。

孝顺的小楠便给父母买了房子，做了装修。

可是没多久，他就发现父母又住回了老房子，新房子自己的弟弟搬了进去。

最初小楠有些愤怒，父母跟他说，当年为了供他上大学，弟弟高中上完就没再上了，是他对不起弟弟，现在他弟弟有了孩子，住老房子太挤，就搬到新房子住了。

小楠顿时没话说了，虽然当初弟弟是因为学习不好没考上，但就算当初考上了，凭父母的能力，也无法供两个大学生。现在弟弟找不到好的工作，自己怎么也有责任的，虽然经常补贴弟弟一家，小侄子的奶粉吃穿他全包，但能帮上的总归太少。再说，那怎么说也是自己的亲弟弟，住便住吧。

又过了几年，小楠父母那套房子贷款还清了，小楠觉得自己该存点钱娶媳妇了，可是这时候，父母又来了。

父母说，小儿子和他媳妇又去找他们哭诉了。

小两口说是日子过得苦，这辈子没指望，只能指望这个哥哥帮一把。

父母先是说他弟弟没工作，日子过得紧巴巴的，这辈子恐怕都买不起一套房，当哥哥的要多帮忙，兄弟之间都是一家人，既然小楠能赚钱，就多帮家里人一把，让小楠重新掏钱买一套，他们自己可以卖了老房子贴补一部分。

小楠熬不住父母的要求，便同意卖了老房子，给弟弟重新买一套。但老房子位置差，房子破，也卖不上什么钱，勉强凑了个首付，又贷款了几十万。小楠的工资，现在每个月还了房贷，还要补贴弟弟一家，还要供侄子读书，又要养父母，哪来的剩余？

小北知道这一切的时候，简直惊呆了，她没想到现在还有这种父母，更没想到自己喜欢了这么多年的男人，愚孝至此。

可是现在，她要和背负着这样一个家庭的男人结婚，她的未来在哪里？等她有孩子了，她的孩子怎么办？

她和小楠说，如果要结婚，就把他给弟弟买的那套房子要回来，以后生了孩子不可能再租房过日子。她可以不计较他现在身无分文还一身贷款，但必须立刻停止对弟弟的补贴资助，不过可以帮他弟弟好好找一份工作。

但从来没跟小北红过脸的小楠，顿时生气了，指着小北说：

“没想到你竟然是这种人，那是我的亲爸亲妈亲弟弟，是我的亲侄子，你怎么能这么没有人情味？我们的孩子可以迟几年再生，可是弟弟他们孩子都大了，等不了那么久。”

小北伤心欲绝，想想自己马上三十岁了，弟弟等不了，她又能等多少年？没有人知道她看着别人抱着小宝宝的时候，心里有多么羡慕和期待。

可是，小北终究舍不得这么多年的感情，便再一次妥协。

她和小楠商量，房子给他弟弟也可以，但至少，贷款不能再替弟弟还了，让弟弟好好找一份工作，自己还房贷吧。

小楠说，弟弟也不是没找过工作，但不是嫌累就是技术不过关，要不就是工资太少，根本坚持不下来，那么巨额的一笔贷款，他根本无力偿还，最终的结果房子肯定会被银行收回去，他没有办法甩手不管。

小楠还跟小北保证，自己以后一定更勤快一些，弟弟的贷款，最多六七年就能还清了，到时候就开始存钱自己买房子，一定给小北幸福的生活。

小北失望至极，冷笑着问道：

“六七年之后，你的侄子也长大了，大学学费你管不管？”

小楠沉默。

小北问他：“你侄子大学毕业，娶媳妇没钱没房你管不管？”

小楠沉默。

小北问他：“到时候你的弟弟和弟媳依然无力生存，他们的生活保障你管不管？”

小楠沉默。

小北问他："你要养父母，养弟弟一家，供侄子上学。那我们的将来在哪里？"

小楠依然沉默。

小北说："我可以陪你吃苦，陪你赚钱，但我不想自己的孩子出生之后，依然吃苦，过着负担如此重的日子。这样的幸福，我要不起。"

小北走了。

小楠看着小北离开的背影，却只说出一句："以前的你，不是这样的啊！我是那么爱你啊，可是你，原来，和别的女生一样势利。"

小北听到了，哭了，却没有再回头。

小北讲完她的故事的时候，其他留言的读者纷纷唏嘘，小北说自己还舍不得小楠，不知道自己做得对不对，因为小楠最大的错，就是太看重亲情。

难道真的是自己太势利了吗？

当小北问出这句话的时候，我剩下的只有叹息。

当亲情成为生活的负累时，当愚孝成为孝顺的重担时，当那些奇葩的亲戚成为幸福之路的绊脚石时，应该自省的是对方，还是自己？

更多的时候，这种亲戚，这种亲人，是被当事人惯出来的。

当有求必应成了理所当然，一旦所求不到的时候，你便成了父母眼中的不孝子，成了亲戚眼中的没良心，你就成了十恶不赦的人。

如果一个人连自己的人生都负担不了，他应该做的是努力。但是，当这个时候，有另一个人愿意站出来成为他的救世主，那么这种救助不是帮助，而是残害。

就像是《欢乐颂》里樊胜美的吸血式家庭，在这个社会上还有太多太多，只是因为大多数的我们都生活在家庭的温暖之中，所以总觉得人性不可能恶化至此。

因为一层亲戚关系，摆脱不了、挣脱不了，还要顾着面子，最后影响的还是自己的生活。当初有人问我，如果我是故事里的小西，又当如何？我说我会在嫂子第二次来借生活用品的时候，直接问她要钱。那人说，你这也太现实了吧！

我从不将我的好意放在不懂得感恩的人身上。

就像我久远的一个朋友，那时候我们会一起上班共同坐一辆小三轮，第一次是我付的钱，第二次还是我付的钱，第三次当她下车一甩手站边上去等我付钱的时候，我便看着她直言让她掏钱。

因为我不知道还会有多少下一次，哪怕我拥有再多的财富也依旧会让她掏钱。

亲戚亦是如此。

我可以在你一无所有的时候给予我的帮助，甚至不需要回报，但若是你明明并不困难却一而再，再而三地伸手，只能说明这个人本性自私。

当然，每个人都会有不同的看法和对待事物不同的处理方式。每个人也拥有自己的原则，只是不要去触碰别人的底线，也请为自己待人处事画一条底线。

孔圣人曰："以德报怨，何以报德？以怨报怨，以德报德。"

共勉之。

宠出来的孩子多犯罪

身为标准吃货的我，最想的便是拥有一家属于自己的自助餐厅，那样我就可以吃到许多美食，而且可以每种只吃一点点。

每次和先生讨论起如果我们有一家餐厅会如何的时候，我都会说："如果我们开餐厅，我一定会贴一张公告，上面写着'拒绝熊孩子'。"所有不能管理好自己孩子的顾客，我全都拒绝，恕不接待！

先生说我太偏激了，可是我心里想着，若真的有那么一天，要么开辟一个专属熊孩子的区域，要么就是不接待。

孩子本无罪，有过错的是不懂管教的父母。

对于这些父母而言，最常听到的话便是"一个什么也不懂的孩子能坏到哪里去”“你这么大的人和孩子计较什么”“小孩子力气能有多大，你这么大的人也好意思”。

对于这些言论，我真是厌恶至极。

一个孩子能坏到什么地步？一个孩子可以残忍地杀死一只麻雀，可以残忍地弄死一只小鸭子，因为无知，所以他们不知道生命的意义，如果大人一味宠溺不加以引导，那么一张白纸上可以是美好的山水画，也可以是满满的污渍黑点。

有一次我和先生在外面吃饭，一个五六岁的小女孩在餐厅里跑来跑去，父母则安心享用自己的午餐，服务员过来提醒的时候孩子的母亲直接给了记白眼，根本不理会。后来小女孩跑到我的桌前，冲着我们笑。我看了她一眼，也冲她微笑，然后没有理会继续和先生交谈。不知是我们没有理会让她觉得自己被忽略还是什么原因，小女孩突然踮起脚尖朝我们的菜里吐口水，一边吐还一边咯咯地笑，冲着我比画着胜利的手势。而小女孩的母亲只是看了一眼，又低下头继续吃自己的饭。

先生当时就生气了，直接拉着小女孩到她母亲的跟前：“请管教你们的孩子，她朝我们的菜里吐口水。”

那位母亲直接翻了个大大的白眼道：“小孩子不懂事，你计较什么？更何况，一个小女孩的口水能有多脏，你们吃了还能中毒？”

服务员过来调解，小女孩的父亲直接来了一句：“不关你的事，走远点！什么破餐厅，做的东西那么难吃。”

我气得不行，但被先生挡在了身后，先生坚持让他们道歉并为我们那餐饭埋单。争执之下，小女孩的父亲凶神恶煞地就要打人，最后周围的食客看不下去都纷纷指责，他才没有动手。我在先生的身后，十分冷静地说了一句：“若是你们不同意，我们就直接报警了。”

最后餐厅老板出来调解，他愿意免我们两桌的单，但我和先生都坚持不同意，必须让他们道歉并且为我们的食物埋单。

也许是周围食客的压力，也许是我扬言要报警让他不敢动手，最终他们还是埋了单，让小女孩道了歉然后离开。离开时，她父亲的眼神我至今都还记得，他恶狠狠地瞪着先生说：“你给我等着！”

之后好几天，我都担心先生的安全。可终究是什么也没有发生。

这件事后，有朋友说我们太较真了，若是真的被打了，也不过是赔医药费而已，在外面多一事不如少一事，能忍则忍。可是对于我们来说，我们可以原谅小女孩，但无法原谅她父母的所作所为。正是因为我们大多数人都觉得忍忍就过去了，别去计较，所以才会有更多不作为的父母出现。

一个孩子跟着家长去吃火锅，在他们的侧后方坐着两个女孩，看起来像是很久不见的闺密，两个人聊得非常开心。一会儿孩子就坐不住了，在火锅店里大吵大闹，被人呵斥了也不听，就在人群里跑来跑去，对此孩子家长也完全不管。孩子跑了一会就瞄上了坐在他们餐桌侧后方的那两个女孩，钻到两个人的桌子底下，想要去偷其中一个女孩放在桌子上的手机。

幸好女孩及时发现，并要回了手机，结果孩子还很委屈跑去找妈妈告状，妈妈不仅没有教育，反而一脸宠溺地对孩子说："你跟姐姐说说，让她给你玩一会儿。"于是小孩又跑过去试图再次拿手机，女孩仍然不给，熊孩子干脆站到椅子上，往女孩的火锅里吐了几口口水。

女孩子很生气，把事情告诉他的父母，结果小孩子的父母竟然甩下一句："小孩子嘛，不懂事，你体谅一下不就行了？"

后来老板给女孩换了汤锅，其间孩子还扬扬得意地打量两个女孩。后来一个女孩起身去厕所，就在这时，熊孩子端起滚烫的一碗汤，照着另一个女孩子的脸上就浇了下去。一瞬间，场面大乱，被浇的女孩疼得大叫，孩子似乎也意识到自己的错误，吓得不敢说话。事件最后，女孩半边脸被严重烫伤。

永远不要低估一个孩子的破坏力，正因为他们不知道所做的事情会导致什么样的结果。正因为父母的放纵和宠溺导致了他们的大胆和不必承担后果，才让他们做出越来越多离谱的事。当个性形成时，再想要纠正已经晚了。

都说一念为善，一念为恶，成年人之所以懂得约束自己的行为并不是因为年纪的增长就会自然而然地明白道理，而是因为家长的引导、老师的教导、自我的修养才明白的。

不要再以孩子小不懂事作为借口，孩子小，家长不小，孩子不懂事，家长应该懂事。为人父母绝不是生下孩子、供给吃穿用度就可以。如果不能好好教导、约束自己的孩子，只会给社会添麻烦。

带着自己家的小孩到亲戚朋友家时，请教导小孩有礼貌，嘴甜、问候都只是基础，在动别人东西的时候请先征得主人的同意，不要随意进入别人的卧室，那里可能存在隐私。不要破坏别人的物品，哪怕不值钱它也许存在特别意义。

带着自己家小孩进入公共场所的时候，请不要乱跑乱叫，影响公共秩序。教会孩子安全守则，尊重他人也是尊重自己。

从来都没有天生的熊孩子，只有不作为的父母。

熊孩子祸害的绝不仅仅是别人，当身为父母过度溺爱孩子，受罪的首当其冲便是他的父母。孝顺、文明、讲礼貌、友好尊重他人，是中华民族几千年来的优良传统。过度溺爱出来的孩子，永远不会懂得父母为其所付出的心血，不懂感恩，只会觉得理所当然、贪得无厌。

在这类孩子的眼中，父母生下了他，为其付出是应该的。若是有一天父母满足不了他的需求或是突然醒悟想要约束他的时候，得来的必然是激烈的反抗，为时晚矣。

小静和丈夫结婚多年之后才有了孩子，对于这个好不容易得来的儿子，全家上下无不宠爱。儿子小宝从小就是想要什么就有什么，若是稍稍不顺心只要一皱鼻子做出哭泣状，全家人立刻妥协。

小宝不仅有父母爱着，还有爷爷奶奶、姥姥姥爷宠着，生活得就像个小皇帝。不同的是，他还不需要像小皇帝那样学习文韬武略，每天只需要开开心心的就可以。

稍稍长大一点后，他就知道如何利用哭来得到自己想要的东西。再大一些后，更知道哪一句话可以换取到自己要的东西。比如他想要吃肯德基，就会去找奶奶，说上一句“小宝好爱奶奶呀，因为奶奶什么都会给小宝”便可以得手。想要零用钱的时候，只需要对着姥爷说一句“姥爷，小宝想要钱钱”，姥爷立刻就掏出钱包让他自己去拿。

上幼儿园，这种以自我为中心的个性更加明显，任何东西只要他想要就一定要，别人不能碰。哪怕是属于别人的东西，只要他看中了也一定要得到手。事件发生之后，幼儿园的老师和小静沟通，可是小静觉得小孩子哪有不顽皮的，要是弄坏别人东西他们赔就是了，不用小题大做的。

有一次小宝看完了牙医，医生叮嘱小朋友在近期之内不可以吃甜食，更不可以吃巧克力和糖，以后也要减少食用。但小宝哪里肯听，哭着闹着一定要吃，全家老小一起陪着他哭，姥姥更是心疼得恨不能自己来替小外孙遭这个罪。

第一次需求不被满足的小宝，直接发火了。起初开始将所有的玩具砸了，大人们还觉得砸得好，只要小宝能出气。可是他的气还没有出完，又将身边的妈妈一顿拳打脚踢。没有人出来教育，小静甚至觉得，孩子不能吃到想吃的东西已经够苦了，打在她身上自己反而舒服一些。

如今，小宝 30 岁，刚刚被解雇。原因是他在一家公司当保安，因为一个人多看了他一眼，他觉得因为他胖所以那个人的眼光是带歧视的，上前就把人揍了。赔了医药费后被解雇，他坐在家中发脾气。

小静想要劝他改改自己的脾气，不能再这样下去了，30 岁别说结婚连个女朋友都没有。不仅如此，自己和丈夫已经越来越满足不了小宝的要求。原本挺宽裕的家庭，因为小宝受不了气要自己做生意赔了好几次，所有的积蓄都搭进去了。现在他又提出来要自己买房，不想再受他们的拘束了，可是哪里还有钱能为他买房?

但小宝已经不会再管父母是否有能力，他就是一条：若是不答应他，他就去死了算了。没有房子，就不会有女朋友，你们等着断子绝孙吧!

若说不后悔是不可能的。小静也后悔当初不应该这样溺爱儿子，她更担心的是将来自己和丈夫也老了之后，小宝要如何生存下去。若是当初早一点教会儿子独立，在他犯错的时候不是一味维护该有多好。

可如今，不懂感恩、不懂如何和别人相处的小宝，个性已经形成，再要改变太难了。

哪怕是最亲密的亲子之间，也应该学会感恩、相互尊重。教导是为人父母最重要的责任之一，永远不要忽视。

毕竟，父母就是孩子的第一任老师。

父母幼时的教育，直接决定了孩子将来是出人头地还是堕落犯罪。

作为父母，现在你舍不得管，以后自然有人舍得替你好好管。

呕心沥血的付出，适可而止

小时候写作文，歌颂父母的爱大多是舍不得吃肉留给孩子吃，父母的衣服满是补丁舍不得买新的也要给儿子置办新衣。那时候大多数人的家境都很普通，而父母的爱大多是以这样的方式来表达的。

我们的上一代人，很少会说“我爱你”，但他们都用实际行动去表达对我们的爱。

到了如今，80 后、90 后的新一代父母，拥有了更好的生活条件，接触了更多的外来文化，表达起爱来更加直截了当。

但还有很多的观念，我们依旧遵循着，例如为孩子付出一切。

当我们把所有的关注点都聚焦到孩子身上时，这样的付出就会变成一种压力，父母想不通自己哪里做得不好，孩子也想不通为什么时时刻刻都要盯着自己。哪怕知道父母是为自己好，可是在长大之后孩子也希望可以有一片自己的天空，让自己独自去飞。

孩子，不是父母的私有物品，终有一天他会找到属于自己的生活，同样，父母也应该拥有属于自己的精彩，而不是一生都只为了孩子而活。

我始终有着这样一种观念：

我们生而为人，首先是独立的人，然后才有其他社会关系。或是别人的父母，或是别人的子女，或是别人的妻子或丈夫、朋友或同事。我们所做的一切选择，应该首先基于自己的人权。例如，是否结婚，是否生子。我们的文化将我们与父母的关系绑得非常密切，所以到了年纪就该听父母的话结婚，结了婚就该生子，生了子就应该收心，下半生为了孩子而活。可我一直认为，是否结婚、是否生子应该在于个人的选择，而不是亲人的期待。为人父母，尽完义务之后就应该有自己的生活，让孩子自己去闯，去摔去爬起来，去见识这个世界的风浪和美景。

当然，这套理念被我的母亲一顿训斥，对她而言，这种想法就是自私，不考虑家人的感受。我也明白这样的想法很多人是无法接受的，所以我从来不去说服别人，只遵照自己的本心。但借着这个机会，我想聊一聊这样的想法，若是正在看书的你不同意这样的观点也无妨，每个人都应该有自己独立的思考能力，你有自己的想法，我很欣赏。

颜的母亲，便是这样一个为了子女付出一切的传统女性。

她年轻时过得并不幸福，为了家庭生计和丈夫分居两地。怀有颜的时候一直都是自己一个人处理过来的。有了颜之后，她的关注点便从丈夫的身上转到了颜的身上，一心想要好好培养自己的女儿。后来丈夫出轨，她在现场气得发抖，回来之后看着幼小的颜，又决定原谅丈夫。

在颜的记忆里，8 岁那年，父亲回到了家乡，也是在那年他们家盖了一栋小洋房，原本该越过越好的日子回忆里却只剩下父母无尽的争吵、打架和母亲抱着她泪流满面的日子。母亲最常说的话便是：你要好好争气，妈妈都是为了你才不离婚的。

后来长大了，她无比想要离开这个家。她知道母亲对她的付出和期待，也从来不敢松懈，一直努力，也很优秀。她以为，只要自己过好了，母亲就不会再担忧她，可以去过自己的生活。但并非如此，母亲似乎没有了自己的日子，全心都放在她的身上。今天是否吃饭了？和同事相处得怎么样？这些问题每天必须过问，她知道母亲的苦心，所以从来都是自己主动和母亲交代。

直到她和一个男生在一起，刚刚恋爱彼此的关系都还没有稳定，母亲得到风声便直接赶来她的城市，私下里约了男生见面，一番考察之后觉得他不求上进配不上自己的女儿，明言要求他离开。

颜得知的时候，气得和母亲理论，母亲一抹眼泪：“我还不是为了你好？妈妈怕你走上我的老路啊！”

后来她的恋爱始终不顺利，母亲过分的干预让她很为难。有时她也想劝母亲去过一些属于自己的生活，现在她有钱了完全可以出去旅游。但母亲觉得女儿辛苦赚来的钱她哪里舍得花，连一日三餐只要颜不在，自己就是一些咸菜度日。唯独不放心的便是自己的女儿，在她看来无论自己怎么吃苦都无所谓，只要女儿好就可以。

这算是一种迷失自我吗？

不仅是恋爱可以让一个人爱到没有了自我，很多父母更是如此。可是无论是哪一种感情，一旦爱到没有了自我，就容易将全部身心的注意力都放在对方身上，这种爱便成了一种负担、一种压力。

就如同我一直想劝自己的母亲，应该去过属于自己的生活。我们已经长成，外面的风雨应该由我们自己去面对，而不是一味地还依赖父母的付出。牵挂是必然的，只是不应该让这种牵挂成为生活中的全部。

孩子们已经长大，学着去寻找自己的精彩吧。终有一天，孩子们会飞出父母的翅膀下，追求自己的生活。那时，父母们也应该安享自己的晚年生活。

愿天下所有的父母，都能够得到孩子们的理解，更能过得多姿多彩、有滋有味。

你扶我成长，我扶你终老

几年前，母亲刚接触智能手机和电脑，学着用网络来和我沟通以及关注我的生活。

最初她不会的时候，总爱问我，有时一些问题我根本就不懂或是没有看到实况根本无法解决，就容易生气：为什么你就不能自己去找一找答案呢？

我们成长参加工作之后，似乎每天都有忙不完的事情。要工作、要加班、要和同事聚餐、要和爱人约会，忙碌的生活让我们再也挤不出一点时间去应付已经跟不上时代的父母。当他们的问题多一些时，我们便会开始不耐烦，但是下一次他们小心翼翼地询问时，我们又会开始自责。

很多人都是如此，在年轻的时候看爱情电影泪流不止，长大之后反而是看到有关父母的文章忍不住心酸。我们都知道，陪伴太少了。这个世界上有太多我们要去追求的东西，我们可以把笑脸给很多陌生人，却把最坏的脾气留给了最爱我们的人。

我也曾是如此。

或许是这些年成长了，也变得有耐心了许多。

给母亲介绍新事物的时候，害怕她不明白，我会将每一个小细节、每一个步骤都写得清清楚楚，当她再问我的时候，我也会慢慢讲解。有些我回答上来的，也不会再生气，或是帮母亲找好答案，或是告诉她如何运用网络去寻找想要的答案。

我曾在网上看到一个让我沉默很久的故事：

清晨，庭院里坐着两个人。一位是70多岁的父亲，他坐在轮椅里看着树上的小鸟，旁边是40多岁的儿子坐在椅子上看报纸。

父亲指着树上的小鸟问儿子："那是什么？"

儿子抬起头扫了一眼又继续看报道："那是麻雀。"

过了一会儿，麻雀飞到了另外一个地方，父亲又问："那是什么？"

儿子有些不耐烦地看了一眼，道："爸爸，刚才我已经告诉你了，那是麻雀！"

麻雀飞到了空中，落到了别的地方，父亲忍不住又问："那又是什么？"

儿子终于忍不住，爆发了："麻雀！爸爸，那是麻雀！m——a——麻！q——ue——雀！你总是问问问，告诉你几百遍了，为什么你就是记不住？"

在儿子一顿怒吼之后，父亲没有说话，默默回到房间，拿出了一个小本子，翻开了其中一页让儿子读出来。

"儿子3岁了，今天我带他去公园玩。我们的面前有只麻雀，儿子问了我二十一次那是什么，我回答了他二十一次。他每次问同样问题的时候，我都拥抱他，一次又一次告诉他那是麻雀，一只和我儿子一样可爱的麻雀。”

有时候想想，面对一个陌生人问路，也许我们都会不厌其烦地为他讲述几遍，但是面对父母我们的耐心却只有那么一点点。

关于亲情在网上有太多的漫画，有时我会不敢看。

就像我前文所说，若我们的生命只有1万多天，那么父母的只会比我们更少。想想，在我们年少的时候，他们教我们吃饭、穿衣、走路，我们的每一次进步都是他们的惊喜。也许他们也有过不耐烦的时候，可是那样的不耐烦很快就会消失。

在这个世界上，再也没有比父母的爱更加无私的了。

收起不耐烦吧，耐心为父母讲解一次新鲜的事物，陪父母去散一次步，带他们去见见外面的世界、吃未吃过的食物。

就像小的时候，他们扶着你一步一步学走路，扶着你学会骑单车一般，如今也请你牵起他们的手，带着他们看看这个日新月异的世界吧！

第八章

时光中，最美妙的事情

于千万人之中，遇见你所要遇见的人，

于千万年之中，时间的无涯的荒野里，

没有早一步，也没有晚一步，

刚巧赶上了。

没有别的话可说，

唯有轻轻地说一声：“噢，你也在这里。”

别遗忘那一段旅程也曾美好

在我写这本书时，电影《前任 3》正好大火，一首《体面》唱出了无数人的心声，也唱出了无数人的眼泪。

前任，一个神奇的存在。

有人恨，有人念，有人风轻云淡，有人歇斯底里。

但无论曾经有过怎样的故事，我都希望所有人都有歌中那样的勇气：“分手应该体面，谁都不要说抱歉，何来亏欠，我敢给就敢心碎。”

电影，看的是别人的故事，感受的从来都是自己的心情。不同的人，会看到不同的结果。当时我是和先生一起去看的，全程“面瘫”，看着身边的小姑娘不停地抹眼泪，我知道若是三年前我自己来看这部电影，我也是同她一样的。

分手后，还总是沉默，渴望着有一天那个人会突然出现，轻声说一句：“我回来了。”不需要任何解释，这简简单单的四个字就足够让守候者昏天暗地地哭一场。

不爱的，恨不能抹去这段记忆，开始自己的新生活，不愿意再受其干扰，只想快点脱身，偶尔的心软也会被对方浓厚的深情吓得收回来。

爱与不爱，深情与绝情。

“我们是彼此的初恋，今天她结婚了，新郎不是我。”阿哲说。

他并不年轻，长相清秀，有些书生的儒雅气质。谈话的时候，习惯扶一下眼镜，看一看窗外，那是他在回忆。眼眶自始至终都是红的，并未哭，偶尔苦笑一下，低头搅拌手中的咖啡。

“我和她大学时就相爱了。”他笑，“她爱吃辣，脾气火暴。每次生气就罚我背着她去操场跑步，跑到我累得不行她就和我一起坐在草地上，质问我下次还敢不敢。她说我做过最浪漫的事情，就是捡枫叶给她。她喜欢看着我低头很认真的模样，会让她感觉到爱。其实我并不能理解为什么这样就能感觉到我爱她，但她这样说了我就愿意这样去做，只要她开心。哦，对了！还有一个石椅，她不知从哪里看来的非要刻上我们两个的名字，拿着小刀带着我偷偷摸摸就去了。”

他说着，笑了。没有苦涩，仿佛真的回到了年少时的模样。

“后来我们毕业了，那是最苦的一段时间了吧。可是现在想来，哪里苦了！两个人相互鼓励，不管发生什么事，只要想到对方还在身边就不会害怕。那种感觉……该怎么形容？心安，对，是心安。就像所有刚毕业的小情侣一样，我们还没学会这个社会的规则，吃了亏就安慰对方，谁有了一点点成绩，比对方还要开心。我们讨论将来、讨论婚礼、讨论孩子。她说她没有想要多豪华的婚礼，但是希望是一场我用心策划的婚礼。”

说到这里，他的手微微抖了一下，犹豫了片刻，从包里掏出几张纸，上面的构图一目了然，是他精心策划的求婚和婚礼的模样。

他咽了好几次口水，眼神有些发直。

“其实我不知道，不知道怎么就没了。”他嘴角抽动，眼眶越来越红，深深地叹了口气，苦笑着说，“吵架，我们开始吵架。住在一起久了，彼此的缺点暴露得越来越明显。她说我变了，在学校的时候我会为她改变，可是现在我只会找借口。我也觉得她变了，曾经那么阳春白雪的一个人，怎么突然就像个霸道的妇人。我们争吵，什么事都能让我们吵起来。然后分手，然后和好。好多次了，每次都是吵完过几天我去接她，她扑在我怀里又打又哭。我其实已经计划着求婚了，我觉得她是没有安全感了，她害怕自己的年龄问题，害怕我们的爱情会随着生活变成了亲情，我猜想是这样的。”

他紧锁着眉头，似乎还在为当初的争吵觉得困惑。良久之后，他又叹了口气，用很低的声音说：“我想过千万种我们的未来，我没想过她会不回来。真的，从来没有想过。”

长久的沉默之后，他又掏出了两张电影票，正是《前任 3》，一张有缺口，一张没有。

“我们已经分手一年多了。这是我最后一次约她出来，她说‘你能不能成熟一点’，那时我就知道完了，我是真的没有机会了。

我自己去看的，看完哭了。我一个大男人，居然能哭成这个样子，太丢人了。

“她的婚礼……我参加了。很漂亮，很普通，也很温暖。那个人……挺好的，看着就是待她很好的。交换戒指、致谢宾客、敬酒，我表现得就像个老同学一样，没让人看出一点端倪，真的。我怕让新郎看出来，误会了对她不好。可是，我没有想到新郎突然上台，念了一段很长很长的告白。磕磕绊绊看起来嘴笨极了，可是她哭了，我也哭了。我知道，我该放手了，那个人很爱她，从那段告白中我就知道。我该放手了……”

咖啡凉了，他也不再搅弄了，长长地舒了口气，看着外面灯火通明、霓虹闪动，起身拿起西装外套，点头致意：“谢谢你，愿意聆听一个陌生人的胡言乱语。”

他走了，散落在桌上的图纸没有带走，就像那长长的属于他们的八年的爱情马拉松一般，他带不走了，也不愿意再带走。

前任，于还爱还期待的人眼中，无处不在。

他/她可能是某一首歌，可能是某一道菜，可能是某一个场景，可能是某一颗星星，可能是某一个不敢轻启的开关……

当初分手，无论体面与否，都不重要。只是，在心里好好向这段感情告别。

别让偶尔回忆时，记忆中只剩下鸡零狗碎的争吵，一地残相。

那个过程，曾经是美好的，不用抹去，不必遗忘。那是属于我们独有的记忆，或者已经不再与他 / 她有关，只是自己的一段旅程，而那段旅程中他 / 她曾陪我们走过艰难，陪我们一起笑过哭过，哪怕最后他 / 她中途离场，分道扬镳，也抹杀不了曾经的美好。

让过去的过去，让未来到来，前任不是恐怖生物，未来也尚可期待。

两情相悦才是情，别把犯贱当痴情

一个人叫单恋，两个人才叫爱情。

忍气吞声、卑躬屈膝、低声下气、千依百顺、有求必应，当这些词发生在爱情里的时候，这段爱情必然是病态的。

从前我觉得爱我，必然是对我言听计从。遇到先生后我才了解，爱并非一个人单方面的耀武扬威，而是两个人的相互尊重、相互体谅。

单恋，才会让一个人变得卑微，爱情是两个人的事情。爱情，是冲动，是感觉，是荷尔蒙的分泌，而不是无休无止地付出去令一个人感动。

小夹喜欢很久的男神洛终于有了回应，原来他自己开了一家公司，正需要像小夹这样懂财务又活泼的女生帮助他。男神开口，小夹自然是答应，想也不想就将原本稳定的工作给辞了，甩开手去帮他。

没有谈过待遇，小夹觉得能够离男神近一点就心满意足了，况且他现在是创业阶段，他给多少她都可以接受的。最初，她只需要帮他处理财务上的事情，慢慢地，男神开始央求她跑业务。她从未跑过，可是男神用哀求的眼神看着她，凑近到她耳旁说："拜托你帮我，我知道你对我好的。"

她含羞答应，为了帮他不知被别人拒绝过多少次还是一次次去谈合作，只是为了让洛的公司能够多一笔订单。不仅如此，为了让洛轻松一点，她还主动提出下班之后可以帮他处理家务。为他洗衣做饭，为他擦地做清洁。洛常常弄到很晚才回来，连一句感谢的话也没有便直接回到房间，从未送她回家过。

小夹想，他一定是累坏了，否则肯定会送自己回家的。

朋友们都劝小夹，若是当一份工作在做，就去谈清楚薪资待遇，别一个人做着好几份工作，又要跑业务，又要当财务，有时候甚至还要帮他去招聘，根本就像一个廉价的劳动力。若是想要追求人家，就大大方方说明白，不要让对方去感受，能成就成，不能成也有个结果。不像现在不明不白。

小夹想了想，觉得朋友说得对，于是便向洛表白了。她满怀期待地等着洛的回答，可是看到他为难的脸，心便沉了下来。

"对不起，小夹，我不是不喜欢你，只是我现在事业刚刚起步，我不敢保证自己是否可以给你一个将来。如果我失败了，我不想连累你。”洛这样说。

“不是不喜欢，那便是喜欢。”小央这样想。

于是，她不再抱怨，更加努力将事情做好，累到不行的时候他总会给一个暖暖的拥抱，她就原地复活了。有时候，他也会牵起她的手一起在街上走，她想虽然他从来没有表白也从未让她做他的女友，但他现在所做的一切都是只有男朋友才会做的事呀！

她心里像装了蜜一般，觉得不久的将来，公司稳定了，他一定会向自己表白的。

这个表白一直等到了第二年的情人节，公司已经有了固定的客户，也招了许多的新成员，她不需要这么辛苦了，只是一直在等他的这个表白。

她想清楚了，若是今年他不来，她便去。

晚上10点，她来到他的房门外，将精心准备的表白词理了一遍又一遍，满怀期待地按下门铃，门开了，不是他，是他的秘书，穿着他的衬衫。

像是睡在一个梦里，可是那个梦脆弱得就像个五彩斑斓的泡泡，轻轻一点就破了。她看着秘书身后的他，没有一丝慌乱，也没有丝毫歉意，搂过秘书，冷漠地问：“这么晚了，找我有事吗？”

她没有回答，转身离开。

走得很慢，她想他应该会来追她的，毕竟他们一起走过他最艰难的时光呀！

可是没有，一天、两天……他没来过，也不曾打过电话。小夹知道，自己的深情原来只是被利用了一场。

网上有一句话：

“你不过是占着我爱你，才敢在我的世界里为所欲为。”

这句，我不喜欢。

被爱的有恃无恐，爱着的小心翼翼。

可利用爱情来达到自己任何目的的人，都是无耻的偷盗者，偷盗别人的情感、付出。所以我更喜欢另外一句：

“我爱你时，你可以是一切。我不爱你了，你觉得你是什么？”

哪怕再爱，也保留一丝尊严给自己。所谓深情，得不到回应也不要紧，可若是甘于被利用，明知被践踏的情况下，也要一往情深去感动对方，这便是犯贱。

爱情，本应是纯粹，不应被玷污。

小A曾是我一个很要好的朋友，我们一起共事过，后来各自去了不同的城市，虽然联系得少了，但还是好朋友。

发现她被家暴，是一次她无意按到了视频的按钮，我接了起来才看到的。嘴角一片乌青，隐约看到眼角似乎也有伤。我立刻问她是怎么回事，她吓了一跳，立刻关了视频。很久都没有再理我。

再找我的时候，是一个深夜。电话响了一声，是她打来的，我刚要回过去就被挂断，她发微信给我：“我不方便说话。”

“怎么了？”

“我快要撑不下去了，我不知道该和谁说，这件事只有你知道。”

我的脑海飞速运转，猜测到那次的伤口，但我不敢肯定，只能等待她说。

“他打我。第一次的时候我简直不敢相信，他表现得那么爱我，怎么会舍得对我动手？可是就是那一记耳光将我整个人都拍蒙了。他很快就后悔了，哭着不停地打自己。我原本想要离开的，可是想到他平常对我的好，我又……”

“今天又动手了？”

“嗯，第三次了。我说我一定要走，我收拾东西，可是他不让。他把我的身份证藏起来了，自己睡在门口守着。”

“报警。别相信他说的任何话，报警！或者你把地址告诉我，我替你报警。”

“……”

她沉默了许久，才回答我：“我不愿意报警。他其实没有恶意，只是有时候会控制不住自己。平常他对我很好，他很爱我，我是知道的。他只是太敏感了，你不知道他的童年生活太难了，所以他没有安全感。我就像是他的救命稻草，只有紧紧抓住我他才能安心。我知道他的感受，所以我很矛盾，我不知道他下次还会不会动手，我想离开，可是……”

看到这些话时，我整个人都快疯了。无论什么原因都不能向自己的爱人出手，无论男生还是女生，都是一样。家暴一旦开始，就永远会有下一次。更可怕的是小A的圣母心，她坚信自己可以改变他，可以让他变好。

我无可奈何，只能放弃劝她。

后来，她慢慢和我的联系变得很少，只是听说她进了医院，被推到窗边撞碎了玻璃，脸上留了一道很长的疤。小A的父母赶到，直接报了警，男方被拘留，再后来小A就跟着父母回去了。

我们之间，也失去了联系。

看《明星大侦探》第三季，最后一集便有涉及家庭暴力的问题。那时候我就想到了小A，虽然我们已经没有再联系，可是回忆当初还是有些后悔。若是我当初坚持让她报警离开，坚持劝她而不是放弃，也许就不会造成这样的结果。

当付出、谅解一次次不被对方珍惜和接纳时，不要再去听他所谓的曾经受过伤，然后圣母心发作，一定要去拯救他的心灵，安抚他曾受过的伤。一个被伤害过的人，才知道会有多痛，若真的爱你，怎么会舍得将这样的痛让你再去尝试一次？

这样的痴情也好，深情也罢，收起来吧，连自己都不在乎自己是否会痛，别人就更可以理直气壮地去伤害你了。

我们可以承受失去爱情的伤，但别让自己失去对人性、对爱的希望和期待。

你相信有个人在远方等你吗？

写下这个标题的时候，我脑海里突然浮现了《请回答 1998》里的德善。看过这个经典电视剧的朋友都知道，德善还不明白“爱情”是何物时，被朋友误导以为邻居善宇喜欢她。一直等着下雪天时善宇会来向她表白，结果善宇喜欢的却是德善的姐姐成宝拉。

之后，她不敢相信正焕喜欢她，也不敢相信无意间亲吻了她的崔泽心中已经默默喜欢她多年。

片子中有一段，德善怀疑自我，为什么没有人守护她？是她不值得爱吗？她会就这样一直孤独，一直一个人吗？

很多受过伤的人，都想过这样的问题吧？

为什么遇不到自己喜欢的人？为什么遇到了喜欢的却不能在一起？命运像个捉弄人的小鬼，总是让我们相遇后却又走失，心碎了一场连相信最终愈合的勇气都没有。

可你相信吗？会有那么一个人，在远或不远的地方等着你？

你们会再遇见、再争吵、再分手然后再也不分开。那个人也许和你预期的完全不一样，那个人也许根本不是你的最佳选择，可是很莫名地就这样在一起，再也分不开了。

受过的伤，会愈合。别担心自己没有再爱的力气了，会有的。

当那个人出现的时候，你就会发现心依旧还会跳动，心中那只已经休息的小鹿会用角一下一下撞击你的心。

原以为不会再去在意的事、不会再去做的傻事，也许都会从头再来一次。

只是，这一次的结局，会不一样。

小美32岁，全家出动一起为她寻找另一半。相亲是她最反感的事情，她觉得这简直就像是两个商人在桌上相互抛出自己的资本然后看看所得到的利益会有多少，若是不亏就可以合作。

爱情不是生意，她不愿意以这样的方式去寻找将来要与自己生活一生的另一半。

她曾有一个长跑了八年的男朋友，向她求婚之后就消失不见。只是偶然听朋友说起他都有孩子了。没有一个交代，没有一声告别，连分手都没有说就这样不见了。听到这个消息时，她觉得自己简直太可笑了。那些疯狂找他的日子，那些担心他出意外的日子，吃不下睡不着，结果人家连孩子都有了。

她心中明白，与其说她反感相亲，不如说她根本就不想再恋爱。特别是她这个尴尬的年纪，比她大的，她觉得是中年人；比她小的，又害怕对方幼稚。最重要的是她心如死灰，已经太久没有悸动的感觉。

这次相亲，小美是被母亲架到现场的。也是在那次，她认识了薛。

“很抱歉，我并不喜欢相亲的方式，我知道你也是一样。但既然有缘相识了，我们可以随意聊一聊，就当多一个朋友。”

这是他的开场白，落落大方、彬彬有礼。

从头至尾他没有问过关于学历、房子、婚礼之类的问题，反而从最近的电影开始着手，谈到了电影、文学到汽车。两个人都没有想到竟然会如此合拍。他们对事物的看法、对事物的理解，都有着各自独到的见解。

那一次见面之后，薛给她留下了很深的印象。

再遇见时，是在公司门外。原来他和她楼上那家公司有合作，见面了又约了一起喝咖啡，依旧聊得很过瘾。

自然而然地，两个人在一起了。一切水到渠成，没有外界的压力，无关年纪，仅仅是因为这个人，所以想要再勇敢去试一次、爱一次。

有时，心中有一道很深很深的伤口，我们都觉得不会愈合，因为太深了。可是，时间过去了，哪怕这道伤口还在，也不会再伤害到我们。

然后，那个人就来了，带着不疾不徐的步伐，自然而然地就走进我们的生命中，打乱了我们准备孤独终老的计划，加入我们的生活中，给予给未想象过的安心、温暖和爱。

别怀疑，别抗拒，你愿意相信这个会存在，它就一定存在。

爱情，应是轰轰烈烈，也应是细水长流

我们习惯于去向别人请教自己的爱情路，特别是当有了分歧、争吵的时候，大多数人更愿意去看一些文章，从里面的故事找到自己的影子。

可是我们会发现，不同的人所说的爱情观是不同的，有些人认为爱就应该勇敢去追、勇敢去爱、勇敢去伤；有些人则认为别一下子就把所有的热情都用尽，到最后连爱的力气都没了。

因为对象不同，所用的方法肯定也会不同。不是每一个人都向往浪漫的爱情，也不是每个人都甘于平淡的日子。

重点还是在于自己的选择，而不变的是相互的磨合、相互的谅解。

爱情的最初，都是轰轰烈烈的，这种轰轰烈烈并不是指让全世界都知道，为你生为你死，而是内心的波涛汹涌。藏不住的喜悦、快乐，恨不能让对方知道自己能够和他在一起有多幸福，可是又小心翼翼地不动声色。

这份轰轰烈烈，是属于自己的。

爱情的走向，必然也是细水长流的。

荷尔蒙的作用在慢慢消失，我们从爱到习惯，化成生活中的每一个小细节，两个人变成了一个人，不仅有了爱情，还拥有了亲情。这种细水长流，是属于两个人的。

从前，我总爱争执有关爱情到底应该如何，现今才明白，这二者其实根本就不冲突，它们可以都存在，不同时期的爱情就应该有它当下该有的模样。

臻是班上最调皮，也是最幽默的男生。

生得帅气，一双桃花眼笑着的时候，似有柔情千种。凌对他的形容便是“这学校里没有一个男生能驾驭粉色毛衣，除了臻”。

他在她的斜后桌，靠窗而坐。阳光下的他总是漫不经心的模样，突然被老师点到名也不慌不忙，上去写出正确答案。有时顽皮，会故意写错一些，在老师刚要批评又猛地回头时，写上对的答案。再回到座位时，满面都是得意样，也不知是真实还是眼花，那一次凌竟看到他对自己眨了下左眼。

那一刻，她才知道什么叫惊鸿一瞥，心头鹿撞。

她想表白！特别想！

可是写给他的情书那么多，他未必会看。当面吗？她似乎没有这样的勇气，只能每天偷偷地看他，偶尔目光相触，内心早已风起云涌，表面还云淡风轻地扫过他的身边看向窗外。她不知道的是，绯红的脸庞早已经出卖了她的心事。

这一份心意，一直到了高中快要毕业也没有传递出去。

她只能更加努力地学习，让自己有机会和他上同一所大学，她甚至幻想过在大学门口遇见他时，一定会鼓起勇气上前说：“嘿，是你呀，这么巧，不如做我男朋友吧？”就是想一想，都觉得心像是要跳出来一般。

凌没有想到的是，这样的场景真的发生了。

大学门口，他倚在墙边，依旧还是没个正形的模样。她大口大口地深呼吸，快走到他面前时飞速回头，猛拍自己的胸口，脸红得发烫。

“嘿。”

她回头，他不知何时站在她的身后，挡住了阳光，挨得很近。

“是你呀，这么巧，不如做我女朋友吧？”

“啊？！”

她惊诧地张大嘴。

他笑着拍拍她的脑袋，拉起她的手，全世界仿佛没有其他人的存在，只有两张正青春的笑脸。

一个满面笑容，心怦怦直跳。

一个满脸震惊，小鹿乱撞。

这份爱情在外人看来或是平淡无奇或是甜蜜，却是真正属于他们自己内心的轰轰烈烈。最初接触到爱情时，用什么样惊天动地的成语来形容都不为奇。他的一眼，她的一笑，是青春里最明媚的记忆。

凌今年 30 岁，18 岁那年她拐走了高中时期他们班最帅气的男生。计划好的告白却被对方抢了先，至今她都不知道他究竟如何知道，她曾想这样对他表白。

如今的臻，少了些稚气，多了些沉稳。脸庞已经不如曾经帅气，身材也略微有些发福。回忆当初恨不得时时刻刻和对方黏在一起，现在偶尔也会想一个人独自出去旅行。

有时两个人会一起回忆青春，感叹年少的时候连吵架分手，都是天大的事情。全世界再没有比对方更重要的事了，所以一个眼神不对、一句话没有到位，都足以让两个人在雨中争吵、推搡、拥吻、和好。

那时候好像是有用不完的精力，连吵架都要比谁的声音更大些，似乎声音大就有理了。

“会觉得那时候幼稚吗？”凌问。

“当然不，那就是恋爱该有的模样。”臻说。

“那现在呢？”凌问。

一阵长久的沉默，这些年他们都有些觉得爱情好像越来越少，亲情越来越浓。

她习惯早起一团慌乱：做早餐，叫醒儿子，叫醒丈夫，然后送他们出门，自己再化妆、更衣，检查所有家电之后才出门。想想，他已经很久没有送花了。

臻也已经习惯回到家中先看儿子再去看她，往沙发上一坐消磨自己的时光。能找到存在感，便是马桶堵了、保险丝断了，其他时候他觉得这个家似乎并不怎么需要自己。

“你说，是不是当初我们一下爱得太用力，现在没更多可以去爱了？”凌翻个身，有些失落，更多的是不得不承认的无奈。

这个谈话没有结果，灯一关两个人就呼呼睡去。

最可怕的便是这样，连争吵的力气都没有了。

第二天下班，他破天荒地买了一束“一往情深”，是红玫瑰。还有一个袋子，里面是她看中很久的裙子——交了儿子的补习班学费之后就舍不得下手的那一款。她一愣，娇嗔他浪费钱，但心微微动了一下。

他刮了胡子，理了头发，换下了刻板的西装，似乎又有了年轻时的影子。

他带她去看夜景，吃烛光晚餐，没有孩子，没有家庭琐事。他们喝着红酒聊着天，更多的是聊从前，很少说以后。

回到家中，卧室里铺满了玫瑰，有了孩子之后他就很少再这样做了。

他弯腰，伸出一只手来邀请她跳舞，有了醉意的她跟着他的步伐就像回到了年轻的时代。

“昨天你问我的问题，我不知该怎么回事，我好好反思了一下，这不叫细水长流，这叫搭伙过日子。我不敢保证以后我会一直做这些让你重新感觉到爱情的事，但我会把这种感觉融入生活中的每一件事，让你感觉到我爱你，一如18岁那年一样爱你，方法或许不同，但爱你不变。”

她微醺，靠在他的怀中，没有说话。

其实，没有玫瑰，没有红酒，没有烛光晚餐，她也从不曾怀疑过他的爱。只是，有时候我们常常会忘了表达，遗忘爱情应该有的模样。

最初，我的爱是不断加倍对你好，变成你要的模样。

如今，我的爱是携手一起成长，缓步走向将来，爱上你最真实的模样。

每个阶段的爱情，都是不一样的。轰轰烈烈就去疯，激情退去后，迎来平淡的生活就好好去经营。

时光中，我愿为你变得更美好

和先生确定了婚期的前两天，母亲找我谈话。

一如所有的母亲一般，絮絮叨叨生怕我们过不好自己的婚姻生活。

母亲说得最多的便是："我和你父亲从年轻的时候就爱吵架，你出生了之后还是吵。后来我总后悔，我害怕影响到你，让你不相信感情，不相信婚姻。我一直忘记告诉你，我和你父亲无论怎么争吵、赌气，都是爱着对方的。这世界上的婚姻不是一种模式，有些人一辈子不吵架，一吵就散了。也有些人吵了一辈子，怎么也吵不散。还有些人真正相敬如宾，和和美美地度过一生。不管是什么样的婚姻，都是看你们怎么去经营的。”

这些道理，其实我是明白的。很早就在书中看到说，两个人相爱，就像是齿轮不断磨合，直到吻合为止。能不能好好一起走下去，就看是否能够磨合成功。这个世界上没有天生的一对，每个人都拥有自己的个性、脾气，不同的成长环境和家庭背景，有矛盾是必然的。是否愿意为对方改变，是否能够尊重对方，就是很重要的相处之道。

小芽儿有胃病。通常有胃病的人都不愿意好好吃饭，因为这个原因导致了胃病，又因为这个原因就常常胃疼。小芽儿的男友小林，对她不好好吃饭这点特别生气，每天看得紧紧的。最初小芽儿觉得有些烦，要是在被小姐妹们羡慕之后，突然觉得有些得意。毕竟这么在乎自己的男朋友，确实令人羡慕。

后来，她不仅不好好吃饭，还不好好照顾自己，常常不是这里崴了，就是那里摔了。三天两头总是生病受伤，弄得小林又气又心疼，还舍不得责备她。

结婚之后，小芽儿就没有再上班了。

小林怕她寂寞买了只小狗陪着她。她每天除了玩、遛狗，不需要做其他任何事情。饭，她不需要做。小林若是回来，他会带；若是没有回来，她自己也懒得吃，小林也会给她点餐。家务，她偶尔心血来潮便会整理房间，若是犯懒时垃圾也是不扔的。小林从不曾埋怨过她，甚至因为自己上班太忙总是让她一个人在家，没有时间好好陪伴她而感到抱歉。

她就在这蜜罐里生活了一年多。

为了让小芽儿能够过上想买什么就买什么的日子，小林变得更加努力。有时候忙得脚不沾地，还惦记着她有没有吃饭。那天中午，下着暴雨，小林一身湿漉漉回来将她从梦中叫醒，轻轻一吻后送上了她最喜欢的美食，她迷糊中看到他的黑眼圈，还有不知什么时候冒出来的几根白头发，心一下就疼了起来。抱着他狠狠地哭了一场。

至今，她也没有说自己到底为什么哭，小林只以为她是受了什么委屈，只能一直哄着她。可只有她自己才清楚，她哭是因为内疚，因为自己一味享受他付出的爱却很少主动为他做些什么。

那天之后，她开始改变。

学着做小林喜欢的美食，将家整理得干净整洁，看到他惊喜又心疼的表情，她觉得这一切都太值得了。不仅如此，即使在他不能回家的日子，她也能够好好照顾自己，不让小林一边打拼他们的将来，还一边要为她的身体担心。

也是在那时候她才感受到，原来一味向别人炫耀自己过得有多幸福、小林有多爱她所带来的虚荣感并没有多快乐。而自己为他的付出，哪怕只有一点点，只要看到他惊喜或满足的表情，所带来的不仅仅是快乐，还有幸福感。

有人会不相信有小林这样的人存在，可是我想负责任地告诉不相信的人，小林真的存在。只是我不敢保证他会这样付出一辈子都不求小芽儿回报什么，但至少在我看到的这三年里，他从未改变过。

我很欣喜小芽儿后来的改变。

爱情的力量，会让人坚强，也会让人变得柔软，会让人变得勇敢，更会让人变得善良。

我最初和先生在一起的时候，总是喜欢闹脾气、猜忌、不信任。我们也分分合合过好几次，最后是先生开始改变的。

当他将我的话放在心中，当他不做任何让我担心、猜测的事，当他抚平我心中所有的不安，哪怕他不说一句“我爱你”，我也可以感受到他的爱意。这并不是一朝一夕能形成的，而是日积月累，从无数个细小的事件中形成的。

小初总说我改变了许多，从前那个倔强的驴脾气已经没有了，如今也变得有温度起来。我知道这是先生带给我的变化，让我不知不觉中也开始慢慢变好。有时我会玩笑着对小初说：没办法，他把什么都做好了，我想“作”也没的“作”了。

一段好的恋情，不是陪着你一起堕落、变坏，不是娇弱得像林黛玉般惹人心疼，更不是不停去改变一个人，而是为了对方，不断地想要变得更好。因为当我们想要一起走向将来时，就会去构建一个画面，为了那个画面，我们会一起努力去实现它。

写到这里，我突然看向已经熟睡的先生，轻轻晃他：“你在爱情里做过最好的事是什么？”

他迷糊地嗯了一声，我又重复了一遍，他在我额头上吻了一下道：“是爱你吧。”

我亦是如此。

第九章

生命有如铁砧，愈被敲打，愈能迸出火花

我们要时时注意，勇气常常是盲目的，

因为它没有看见隐伏在暗中的危险与困难，

因此，勇气不利于思考，但有利于实干。

因为在思考时必须预见到危险，

而在实干中却必须顾及危险，

除非那危险是毁灭性的。

所以对于有勇无谋的人，

只能让他们做帮手，而绝不能当领袖。

——培根

累了，停下来看看走过的路

我们大多数人，都不是天才。

哪怕是天才，也需要后期的努力来巩固自己的实力，否则“江郎才尽”的故事时时都会发生。

努力太难了，相爱太难了，相处太难了，生活太难了，成功太难了……

每一个人活着，都在磨砺中伤痕累累地前行。

想要活得完美，几乎不可能，但我们可以尽量活得没有遗憾。在人生这条路上，我们揣着梦想前行，在抵达终点之前，除了要拥有勇气、决心、行动力、思考力，还需要不断学习以及运气。有些人可能耗尽一生，才敢说一句“我不枉此生”。

累吗?

当然累!

哪怕我们年幼的时候，都会因为自己无法做主而感到苦恼，希望快点长大，何况是长大后没人可以依赖只能靠自己拼搏?

有人说，累了怎么办?

累了停下，停下看看曾经走过来的路，回忆一次，总结一次，收拾好糟糕的心情，收拾好破碎的梦想，爬起来，重新起航。

只要梦想不死，希望不灭，只要我们还有着骨气和血性，我们还扛着尊严和责任，就永远不会被挫折击败。

夏曾有过自杀的念头。

父母日日以泪洗面，已经订婚的女朋友决然离开，平日里称兄道弟的狐朋狗友避他如蛇蝎，亲朋好友纷纷和他撇清关系，被人簇拥着的高高在上的生活，一瞬间坍塌了。

这一切，仅仅因为他创业失败了，还欠了一屁股债。

所有的荣耀和金钱灰飞烟灭，所有的亲情友情弃他而去，他不知道自己怎么会走到这一步，更没想到他曾经以为坚不可摧的情感脆弱如斯。

夏曾一度坐在高架桥桥栏上喝得烂醉如泥，恍然觉悟，金钱果然是可以考验一切人性的东西，如今背负巨债的他，似乎已经没了重来一次的机会。

他想起了幼年的自己，想起被父母宠得肆无忌惮的日子，想了很多很多，回想了这么多年一路走来浪费过的时光，挥霍过的青春，觉得后悔。虽然他还年轻，可是有些性格和思想却已经被大环境所桎梏，所以他曾做错了那么多，变成自以为是的人，这也是他失败的最终原因。

回头想想，那次创业是不被看好的。

没有过硬的专业知识，没有市场调查，更没有潜在的客户，凭借的是一腔热血和不回头的勇气，他投入了大量的资金。这笔资金除了个人积蓄之外，还有父母支持的、向银行贷款的。

开业的第一个月，就出现了问题：没有客户。

因为没有详细的市场调查，不知道这个产业在他们城市里已经非常饱和，业务资源牢牢被现有公司抓着，他们的财力更加雄厚，价格和质量的优势、售后的完善让夏根本找不到机会挖客源。

银行的贷款暂时还还得上，他安慰自己没有人刚创业就可以有收入的，起初的几个月亏本再正常不过了。在他的努力下，终于在第二个月拉来了客户，可是工期期间的投入已经让他有些喘不过气来。好不容易完工了，漫长的回款期和接下来没有客户的空档期，又让他更加焦灼。那段时间简直是苦不堪言，为了不让家人失望，也不让别人看笑话，他死死苦撑着不愿意收手，最后欠款越来越多，入不敷出，最后千疮百孔、一败涂地。

巧的是那时他的同学生意做得风生水起，不仅给父母购置了新房，自己还换了新车。走到哪里都是春风满面的。

大年三十别人家是开开心心地团圆过年，只有他在为还贷款四处借钱，遭人冷眼。

这些压力让他苦不堪言，有时候他想是不是死了就可以不再受这种折磨，不用背负这种负担。所幸，他想到不能再让父母承受这样的痛，最终还是选择把一切都扛下来。

他一改从前自以为是的态度，做任何事也不再“我认为”，而是用事实、用数据说话。他也不再像以前一样为了面子胡乱挥霍，每一笔钱都做详细的规整。他做事之前不会像以前一样不做计划、不预设后果，万事都考虑到最好和最坏的结局，谨慎投资，苛算收益。

从摆地摊，到开小店，到打工、跑业务，一切能赚钱的他都去做，并不断为未来做计划并且一步步去完成。

就这样，花了整整五年的时间，他将银行的贷款还清了。

那一刻，他突然觉得一身轻松，更感谢当初做了正确决定的自己。

在还清贷款的那一天，他将自己关在屋子里痛哭了两个小时，然后坐着发呆。他回忆自己走过来的路，才发现从前的自己居然这么天真，想当然地以为只要自己努力去做就会成功，连最基本的功课都没有去做过，失败是必然的。

没有了债务的纠缠，他相信现在的自己，很快就可以站起来，以前失去的一切，慢慢地都会回来，但是他更清楚以后的自己需要过什么样的人生，需要交什么样的朋友，需要珍惜什么样的人，需要怎么样过好这一生。

恍若从十八层地狱走了一遭，各种罪都遭过，才知道平淡何其美好。

但有时候夜深人静，夏也会感念自己的那次失败，帮他树立了新的人生观和价值观。这个世界，果然没有什么苦难是白白经历的，每一次挫折，都是一次成长，只要有不放弃的意志，摔得越狠，则站得越稳。

他回顾过往，对自己的脚步更加笃定，经历了太多，错了太多，错过了太多。

但他相信，属于自己的未来，已经不远了。

夏在悬崖边站了起来，并从绝境中走了出来，是因为在那一刻，他看清了当初的自己。

一生走过，没有人会不犯错，只有不断回首从前走过的路，对自己的人生做出总结，才能避免在歧途一条路走到死，直至万劫不复。

为什么会累？

是因为方法不当，还是其实自己现在也在走弯路？

我们会觉得累，更多的时候是因为我们在错误的道路上一错再错，而又不愿反省和承认自己的不足，固执地将自己的人生构架在一座坎坷的大山上。

如果这个时候的你正觉得迷茫，觉得自己活得太累，那么，不用着急，怨天尤人是最没有用的一种情绪，自暴自弃更是于事无补。静下心，回头好好地看一看，解救你的方法就在你曾摔痛了的地方。

人生的低谷并不可怕。

就像我们长大后看小时候，会觉得摔倒不过是不值一提的小事，哪个小孩子没摔过跤呢？可那时的我们依旧会因为摔倒而大哭一场。

那个时候我们要么被父母扶起来，没人扶的时候，自己也会爬起来，擦干净泥土，清理好伤口，继续往前走，就如每一个失败者一样。

经历过挣扎和痛苦，然后才慢慢地一步一步地从低谷中走出，一点点看到希望的曙光，然后迎来成功。

无论什么样的难关，只有熬过去了，再回头去看时，才有资格说："其实也没什么大不了。"

所以，无论你处在低谷，还是站在巅峰，都要在适当的时候停下来，适当反省过往，总结之前的经验，这种习惯会适时地提醒我们不要犯相同的错，也会让我们从之前的经历中找到正确的路。

很多事其实会有更多的选择，只是身在其中而不知。

走得了泥泞路，也走得了康庄大道。

经得起压力，也能享受阳光明媚。

人生的路那么长，累了就停下来休息，看看不同的风景。

昨日浴血斩棘披荆，今日笑看如画风景

我是一个爱幻想的人。

特别是在我拼搏的道路上，累了，走不下去的时候，我就喜欢一个人待着，幻想着几年后的景象。有一段时间，我甚至想过自己会上《鲁豫有约》，分享自己是怎么不放弃然后如何成功的。

可是回到现实，困扰着我的依旧是处理不完的事情、做不完的工作和解决不了的难题。幻想，也许可以带来动力，但解决不了任何实质性的问题。

我们活着，更多的时候是在一条条通往未知的路上，做着连自己都不明白的事情。我们做的这些事，很多时候和梦想、和自己期待的未来并没有任何关系，我们只是希望自己的明天可以过得更好一点。

期待很简单，可是我们却不得不为此披荆斩棘，走过崎岖之路。

可是，这种不怀任何目的的奋斗，何尝不是一条通往梦想中生活的明路呢？

未来的规划是梦，未来的期待是梦，未来想给予恋人的生活是梦，未来想伺奉双老的孝心亦是梦，未来属于自己和爱人、孩子的小家更是美丽无比的梦。

我们所做的一切，并非无用功，其实都有着最终极的目标，这种看似浪费生命的举动，虽然不能让我们成为发明家、明星、

演奏家、诗人，但可以让我们用自己的勤奋和双手，为自己建造一座美丽无比的城堡。

我们在人生之路吃着苦，受着累，可不经历这些，又怎么懂得珍惜来之不易的幸福？没尝过苦涩的味道，又怎能感知糖的甜？

这是人性的弱点，我们总是学不会珍惜太容易到手的东西。

历尽艰难困苦，一路披荆斩棘，走过崎岖之路，然后看到如画风景，则忆苦思甜。

著名的物理学家、宇宙学家、数学家史蒂芬·霍金，相信大家都知道。他开微博的那天简直就是个盛况，大家都说居然和书本中的人物这么近距离地接触了。

21 岁的霍金得了会使肌肉萎缩的卢伽雷氏症，因此被禁锢在轮椅上，只有三根手指可以活动，疾病已经使他的身体严重变形。也就是如今我们看到霍金的模样。

1985 年，霍金因患肺炎做了穿刺气管手术，丧失了说话的能力。演讲和回答，都只能通过语音合成器来完成。看书必须依赖一种翻书页的机器，读文献时需要请人将每一页都摊在大桌子上，然后他驱动轮椅如蚕吃桑叶般地逐页阅读。

但他没有因为病痛的折磨就放弃了对学习的渴望，他正是靠着这种一般人难以置信的毅力，成为世界公认的引力物理科学巨人。霍金在剑桥大学任牛顿曾担任过的卢卡逊数学讲座教授之职，他的黑洞蒸发理论和量子宇宙论不仅震动了自然科学界，并且对哲学和宗教也有深远影响。霍金还在1988年4月出版了《时间简史》，已被译成33种文字，发行了2500万册。

他被禁锢在轮椅五十多年，是身残志坚最好的例子。他的一生注定充满了神奇的色彩。

霍金能够得到今天这样的成功，靠的就是一路的刻苦和对知识的尊重。

有人也许会说，他根本就是一个天才，可是天才也不是生下来什么都会的。天才，往往比我们更努力、更专注、更不怕失败。因为他们完全不会考虑，如果失败了别人会怎么看？会不会有人嘲笑他？

他们考虑的是，为什么会失败？

这种方法排除了，应该用下一个方法试试看。

别太在意他人的目光，失败或成功对于年轻的我们来说，都只是阶段性的，把握时机，努力当下。

我们的人生，就像征服一座高山，谁也不知道山上究竟有什么、还要爬多久。

只有不停地往上爬，抵达终点才能一探究竟。

可是爬山很累，有时候甚至还会不小心摔倒、受伤，但是只有坚持，站到山顶的那一刻，感受到一览众山小的心境，感受到山顶的风，看到山顶的天，才会觉得这一路的辛苦，是这样值得。

生活，除了奋斗和梦想，还有清茶和远方

远方，在哪里？

也许有些人会回答，是大理。

那里风花雪月，那里宁静致远。苍山洱海，蓝天白云。可以一觉睡到天大亮，可以一路逛到累。可以吹着风，望着海，可以流着泪放声笑。

那里也可以不是大理。

但终究是个宁静的地方，有山有海，有花有酒。没有城市的喧嚣，没有人性的功利，没有快到令人无法呼吸的生活节奏，也没有尔虞我诈的心机战。在那里的夜，可以望见一片星海，可以清楚地看到北斗星的形状，可以听到海浪扑腾的声音。

如果可以，我想你的心里一定有这样一个地方的存在，就像是天堂，哪怕没有去过，也应向往。在疲惫的时候，在无路可退的时候，在迷茫的时候，干干脆脆放下一切，逃到那个地方去，感受鸟语花香，感受蓝天星海。

来一次光明正大的逃离，让自己的心沉淀休憩。

抛开所有的难题，泡上一杯清茶，放上一首民谣或是干脆自

弹自唱一曲，坐在临海的岸边，闭上眼感受阳光。抑或是奔跑在海边，让海浪弄湿你的鞋，淹没你的脚，宣泄所有的委屈或不满。

别觉得矫情，人生需要试着矫情一次。

完完全全放开自己，感受、贴近、面对内心那个最真实的自己。

放声大吼，痛哭流涕，像疯了一般地笑，去做吧，人生总要有疯狂的时候。

清和浅决定来一场说走就走的旅行，这是一场姐妹之间的旅游，不带男友。

其实这个构想很早就有了，一直拖到现在，是因为总也商量不下来时间，她们总会有一个人忙到不可开交，时间对不上。

最终，她们觉得说走就走，多繁重的工作都先放下，定下日期就不再变。

第一站，她们去了香格里拉。

两个小姐妹一路拍照、一路吃、一路玩，然后一站一站玩过去，看过山、看过海、看过花、看过雪，最后一站是洱海。

那个夜里，星光洒在海面上，她们喝着酒聊着天，谈起了各自的压力，谈起了生活中的不如意，一起放声唱着那首《大海》：

在那遥远海边，

看那潮来潮去。

徒劳无功，

想把每朵浪花记起……

歌声被卷到了大海深处，很快被海风淹没。

带着咸味的海风扑面而来，歌声停止时，清和浅早已泪流满面。

像是为了宣泄，浅先冲着大海呐喊：“生活——你太无耻了！你就是个大混蛋！”

喊完，她们全哈哈大笑起来。

清起身，双手拢在唇边，也冲着大海呐喊：“老娘要辞职——老娘不干了——老娘要退休——老娘要天天吃喝玩乐——”

所有负面的情绪，如果憋在心底已久的话，不妨全都喊出来。

没有人阻止她们，疯狂到累时，清举杯，抹净脸上的泪水对着浅的酒杯一碰，笑着说：“感谢自己。”

“感谢自己。”

浅一饮而尽。

两个小姐妹，就在刮着大风的海边，仰面躺下，看着那满天的繁星，笑容如水般流出。

耳畔是海浪欢笑奔跑的声音，就像心底压抑已久的自我。

是的，感谢自己。

感谢那个拼命努力的自己，感谢那个战战兢兢不敢偷懒的自己，正是因为有了那些充满压力的日子，才让今天的她们可以说走就走，享受着平时只能在朋友圈里看到的美景。

她们都清楚，回到都市中，忙碌的生活又将开始。

可是她们明白，没有那般辛劳，哪能体会到此刻的惬意？

她们当中没有人害怕，因为这才是生活本来的模样。

在高压的环境里待久了，很容易疲惫。

疲惫带来的结果便是容易犯错，心中的抵触让我们无法好好去完成手头上的工作。既然如此，不如好好给自己放一个假，坐上火车，享受旅途的风景，感受不一样的生活。

然后，整装再出发。

将来的你，最想和哪个阶段的自己对话？

如果有一个机会，能够让你与从前的自己对话，你最想和哪个阶段的自己对话呢？这个问题，我在很多地方看到，也曾经回答过。可是如今，在写下这个标题时，我内心却在不停地挣扎，因为我想不清楚我最想和哪个阶段的自己对话。

想要交代的太多。

别偷懒，书到用时方恨少！

别贪吃，别将所有的时间都用在贪吃和减肥上！

别恋爱，你们最终会分开的！

别伤父母的心，在你犯错的时候只有他们毫无芥蒂地接纳你了。

别……

如果一定要选，我选择17岁那年的自己。

嘿，17岁的那个小人儿，别害羞，别埋着头，开朗起来。

阳光明媚、青春飞扬，这才是17岁该有的模样。

别将自己藏在小小的蜗牛壳里。

去向那个暗恋了许久的男生告白吧！你们已经当了多年的哥们儿，在即将离别的时候大胆一次吧！否则，很多年之后你都在后悔这件事。哪怕没有结果又怎样？去告白吧，诉说自己的心意，让他知道，仅此而已。

17岁的那个自己，不要担心，高考不是人生最难熬的事情，但是经历了高考的强压，会使你成长的，别埋怨。哪怕失利了，人生也不会就此失败，毕竟人生有太多路可以选择，但是别偷懒，学习不能断。

别总想着飞出去，好好珍惜能够陪在父母身边的日子，之后天南地北地闯，每次回家也只有几天的时间。你会想念妈妈做的排骨、爸爸做的鱼。

17岁的那个小人儿，开始有了心仪的男生，哪怕所有人都觉得这不是爱情，但我想告诉你，这就是爱情。

这是爱情最初的模样。

是美好的，是带着青草香的。勇敢去正视自己的心，懂得一起进步才会有将来。

17 岁的那个自己，别担心未来，每一个岔路口的选择都会有不同的结果。

去珍惜当下吧，活出 17 岁该有的模样。

我知道，哪怕真的时空穿越，我回到 17 岁那个小人儿的身边，她未必会听我所说的一切。她依旧会埋着头，苦着脸，战战兢兢、小心翼翼；依旧不懂珍惜和父母一起的时光也依旧是那个表面平凡无奇，但自己一个人就可以演一出戏的小朋友。

那是属于我 17 岁时的模样。

人生若是没有遗憾，完美也就不那么完美。

回头去看，有时甚至会嘲笑当初的自己，如此幼稚，如此固执。当我们已经被社会磨平了棱角时，当我们已经学会了在摸爬滚打中最快让自己适应环境时，再去看当初的那个自己，便会忍不住以前辈的姿态教育她。

没有可以改变的过去，就像我们责备一个幼小的孩童不懂防备人心是不合理的。而过去那些跌跌撞撞、不知所措是珍贵的，正是因为有了所有犯过的错、走错的路，才有了今天这个深谙社会法则的自己。

所以，当我们在每一个年纪时，都活出当下应该有的模样，方不枉此生！

半生浮云，半生闲

曾经有人把学习比喻成吃饭，这种比喻很有意思。

一日三餐，我们觉得再正常不过，可若是已经长成再回头去看，一日三餐让我们从一个小不点儿长成了挺拔的成人，让我们从孱弱变成了体健。

就像是学习一般，从最简单的拼音识字开始，每一次学习在当下都察觉不到什么，可是当有一天突然面对某个课题时，你才发现那些曾经学过的知识就像是曾经吃过的饭，已经成为我们的一部分。

这本书快接近结尾，突然就想和大家谈谈我自己，谈谈我的一些朋友，不带任何目的，只是想起。

就在此时此刻，偷得半日闲。

小时候的我极度偏科，文科成绩都是优，理科成为过不去的坎。像是天生就少了这方面的神经，别人挥挥洒洒写答案时我还在琢磨这个题目到底是什么意思。那时我在家长责备下最爱回答：“数学学这么好有什么用？你现在买菜用得到高数吗？”

这自然是强词夺理，可我却说得理直气壮。

时下流行“小鲜肉”，我一直偏爱“大叔”。如著名演员陈道明，演技精湛不说，还写得一手的好字。说话时娓娓道来，不用大声就可以感受到力量。经历在他的身上留下的不仅仅是岁月的痕迹，更是积累和沉淀，让人为之动容和敬仰。

我身边便有一位这样的大叔，我们都唤他倪叔。

倪叔头发花白，笑起来的时候和蔼可亲。他从来不说教，也不会让我们好好学习、好好工作。他喜欢和我们聊天，天南地北各种话题。无论是什么，他都可以接得上我们的话。从莎士比亚、雨果、歌德到安徒生，从鲁迅、三毛、萧红到沈从文，他都可以说出自己独到的见解。他可以和我们聊文学、聊音乐、聊名画甚至聊八卦。

彻底让我们服了他的不是那一张张栩栩如生的写生，也不是苍劲有力的笔迹下的诗歌，而是他有一次兴起拿了正在上高中的孙子的数学试卷做了起来。

他总是这样，常做出一些让我们目瞪口呆的事。

我们有了难题，都喜欢向他请教。在我们觉得只有A或B的选择下时，他常常会问我们为什么不选C，因为我们身在其中便看不到C选项，局限于A和B，思维便被固化了。他教我们跳出事物看本质。

很难想象他年轻时是什么模样。但我们一致认为，十之八九都是“别人家的孩子”，属于一直优秀，从不曾让人失望的那类人。

可是现实却让我们大跌眼镜。

年轻时，他是最不好学的那一个。总觉得学习并没有什么用，只有挣到了钱才是真理。于是年纪轻轻他就放弃了学业，靠着自己的小聪明开始做生意。不知是上天眷顾还是真的有天分，他居然真的赚到了第一桶金。有了这小小的成功，他越发觉得自己天分就应该是做生意的。可是后来却亏了，一直亏。

那时候他才知道，并不是学习无用，而是自己太无知。

倪叔说，回头去看时才会发现，年轻的时候选择可真少啊，总觉得走错了一步、失败了一次就是绝路了。但事实上，只有学习才能够让我们成为有更多选择的人，学习明理了，才会知道世界之大，这次不成功还有下一次，只要每一次拼尽全力不留遗憾，收获到的东西不会比成功的少。

每次我们都感叹，现在学习太迟了，他就会很严肃地反驳我们：“我58岁那年才开始学英语，学了整整五年我才能和外国人对话，你们怕什么？”

一个有魅力的老者，带着学者的气质，谈吐风趣又文雅，我想这样的人必然是经历过起起落落，才有了自己所理解的人生真谛。而这样的真谛，要靠我们每一步走过去，才能够去领悟、去反思、去从容。

每次我开始犯懒的时候，小初总会很不客气地对我说：“将来等你老了想做都做不了，要时时刻刻心怀梦想，去摔吧，去闯吧，趁着年轻去造作吧，成功或失败都一样精彩，要的就是那种热血沸腾的感觉！”

我想，可不就是这样吗？

就如倪叔一般，只有错过了才知道什么是对的。

或者只是在不同的路口选择了另外一条路，人生就会有另外一种可能。但无论是哪一种可能，只有一步一步走过去，才能知道路的尽头究竟是什么。

最应该精彩的年纪，别浪费在没有意义的事情上。

半生浮去半生闲，所有人都可以选择先甜后苦还是先苦后甜，别妄图贪心，很多故事都告诉我们，贪心的结果必然是一无所有。

只有年轻时努力打拼，才能让自己优雅从容地老去，而不是慌乱、手足无措地老去。

人生如梦，梦如人生。

我们梦寐以求的梦想，我们追求仰望的理想，其实只是这一生从出生到暮年，一步步踏上巅峰的指明灯，指引我们不要误入歧途，人生总归是需要心怀希望，才能干劲十足。

心中有梦，梦如明灯。

灯不灭，则希望不灭。

待你明白，优雅从容地走向暮年也是一种成功时，那时便会理解很多年轻时无法理解的苦难，苦中自有甘甜来。

这便是人生的味道。

后记：方得始终

1

2008年，我有了第一枚属于自己的工作牌，从人事部领来之后，我将它挂在脖子上。黄色的绳子，塑料材质包着一张卡片，上面有我的照片、名字和就职部门以及职位。当时所就职的公司在21楼，从上往下看是一阵眩晕感。

这枚工作牌，我是很珍惜的。

虽然我没有穿职业套装，也没有踩着高跟鞋，可是我第一次有了活在电视场景里的感觉。只是这样的感觉很快被忙碌的工作所冲散。闲暇时，我常常会想，我的梦想究竟是什么？当我发觉我的工作竟没有一个明确的目标时，一种莫名的恐惧感将我围绕。没有方向，我所有的努力不知是通往哪个终点的。因为我很快就发现，每天朝九晚五的生活并不是我想要的，我想要的又究竟是什么？

后来，辞职、写书、再就业、再创业，我做过许多从前我不认为自己会做的事情，有过成功，也有过失败。若非要说唯一坚持下来的，便是写作。

我很骄傲，因为我有了一件我可以坚持到老的事业。我的人生，哪怕会在当下迷茫，会在当下追求其他事物，但写作是我唯一的目标，并会一直坚持，始终如初。

2

我无疑是幸运的，因为我的梦想可以坚持，哪怕没有人欣赏，哪怕生活再忙碌，哪怕这个梦想也许不能为我带来收入，但我依旧可以在坚持中不停地加强自己，做到属于最好、更好的自己。

小朱没有成为一名婚纱设计师，但是她结婚那天穿的是自己设计的婚纱，惊艳动人。她就职于一家婚纱店，很多人不理解为什么她有着高学历却在卖婚纱。但她清楚，只有在那里才能听到所有准新人对婚纱最真实的期待。

小杨成了一名程序员，就职在一家很大的游戏公司里。我们所玩的端游、手游有好几款都是他的团队研发出来的。他骄傲吗？自然是骄傲的。从事着自己喜欢的事业，熬过了最枯燥的学习期，他可以游刃有余地将自己的理念加入游戏中去，怎么会不骄傲呢？

但他从未自满，因为他知道这个时代更新换代太快，只有保持着最初那颗虔诚的心，才能不断进步，才能开发出更多大家喜欢的游戏。

小丽成了摄影师。她成为现在和我联络最多的一个老朋友，因为我们常常需要她的作品作为插页。那个有阳光、有音乐、有故事的咖啡厅，成为她一个遥远的梦。可是谁说得准呢？说不定哪一天，她突然就发了名帖给我们，邀请我们参加她的开业仪式。

小晶，成了一名很出色的编辑和作家，她是你们熟悉的芴香初，我最好的朋友。经历过出版的黄金期、低潮期，她始终没有放弃过做一本优质的书、创作一本有灵魂的书。慢一点没有关系，环境坏一点也没有关系，她知道自己从未放弃，也永不言弃。

3

不忘初心，是无论我们走到哪一步，都不能忘记最初许下梦想时的心境。我们所追所求，是为了什么？只有保持着这颗初心，才能让我们无论面对的是顺境还是逆境，都可以勇往直前、不骄不躁。

当遇到挫折时，多给自己一些勇气，和上一次的自己比，多坚持一分钟，再一分钟。

当踏进梦想，迎来胜利时，别忘了时代的更迭有多残酷，只有不断地学习、进步、完善，才能不被时代抛弃。

如此，方得始终。